U0075822

少年陰陽師
しょうねん おんみょうじ

少年陰陽師 叁拾

玄天之渦

千尋の渦を押し流せ

結城光流—著　涂愫芸—譯

重要人物介紹

藤原彰子
左大臣藤原道長家的大千金，擁有強大靈力。基於某些因素，半永久性地寄住在安倍家。

小怪
昌浩的最好搭檔，長相可愛，嘴巴卻很毒，態度也很高傲，面臨危機時便會展露出神將本色。

安倍昌浩
十四歲的菜鳥陰陽師，父親是安倍吉昌，母親是露樹，最討厭的話是「那個晴明的孫子」。

六合
十二神將之一的木將，個性沉默寡言。

紅蓮
十二神將的火將騰蛇，化身成小怪跟著昌浩。

爺爺(安倍晴明)
大陰陽師。會用離魂術回到二十多歲的模樣。

朱雀

十二神將之一的火將，使的是柔和的火焰。與天一是戀人。

天一

十二神將之一的土將，是絕世美女，朱雀暱稱她「天貴」。

勾陣

十二神將之一的土將，通天力量僅次於紅蓮，也是個兇將。

太陰

十二神將之一的風將，擅使龍捲風，個性和嘴巴都很好強。

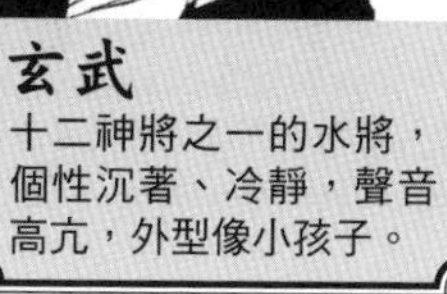

玄武

十二神將之一的水將，個性沉著、冷靜，聲音高亢，外型像小孩子。

青龍

十二神將之一的木將，從很久以前就敵視紅蓮。他有另一個名字「宵藍」。

天空

十二神將之一的土將，是十二神將的首領，雖然眼盲，但內心澄明。

白虎

十二神將之一的風將，外表精悍。很會教訓人，太陰最怕他。

風音

道反大神的愛女。以前她曾想殺了晴明，現在則竭盡全力幫助昌浩。

飄舞

愛宕天狗族的一員，是下任總領疾風的護衛。個性冷靜，沉默寡言。

颯峰

愛宕天狗族的一員，是下任總領疾風的護衛。個性熱血又有正義感。

藤原敏次

陰陽生，在陰陽寮裡是昌浩的前輩，個性認真，做事嚴謹。

他說過一定會出手相救。
那麼，絕不能讓他違背約定。

1

湛藍的天幕灑滿銀白色的顆粒，兩個身影奔馳在天空下。

「哈啾……！」

破風前進的身影，放慢了速度。

就快進入京城了，從遠處可以看到環繞京城的圍牆。

神將朱雀停下腳步，問抱在右手上的小個兒男孩：

「冷嗎？」

被這麼一問，男孩吸吸鼻涕，低聲嘟囔：

「有一點，到了晚上還是會冷呢！」

朱雀與並肩奔馳的神將天一相對而視。

「朱雀，快趕回家吧！」

天一擔憂地說，朱雀卻搖頭表示反對。

「不行，再加快速度，妳會跟不上。」

「我沒關係，稍後再自己……」

「妳想我會丟下妳嗎？天貴。」

「可是，朱雀……」

天一抬起頭望向視線比自己高的眼睛，支支吾吾地回應。

朱雀含情脈脈地看著她說：

「想到在冬天的寒空下，妳一個人待在這麼寂寞的地方，我就受不了。」

這時候，朱雀耳邊又響起了打噴嚏的聲音。

緊緊抓住神將肩頭的昌浩，無意識地縮起了肩膀。

事情暫時告一段落了，所以朱雀的腳程比來的時候慢了許多。有天一跟著，也是原因之一。

太陽下山前還好，一入夜，氣溫就急劇下降，他們又是在風中奔馳前進，所以身體感覺到的溫度會比實際溫度低很多。

天一輕輕觸摸昌浩的指尖。

「啊，這麼冰……朱雀，不要管我，快回去吧！」

「昌浩，你很冷嗎？」

朱雀向昌浩確認，昌浩猶豫了一下，老實地點點頭。

與天狗們的交戰，耗盡了他的體力與靈力。筋疲力盡的身體，又被寒氣奪走體溫，

變得更加沉重。可以的話，他很想現在就躺下來。

「小怪在的話，情況會好一點。」

昌浩說著，轉頭眺望著聳立在西北方的山影。天狗們居住的異境之鄉，就在那座靈峰「愛宕山」的深處。

希望颯峰回去後，可以早點把小怪和勾陣放回來。

然而，可想而知小怪會有多生氣，所以昌浩的心情有些複雜。雖然是場誤會，但還是惹惱了天狗。他實在不敢想像，在那一瞬間成為俘虜的小怪和勾陣，受到了怎麼樣的待遇。

忽然，溫暖的風包住了昌浩。

「哇？」

他看到顏色偏紅的鮮豔頭髮微微搖曳，纏繞在額頭上的領巾，也被風輕輕吹起而飄揚著。

火將的神氣很溫暖。

「現在覺得怎麼樣？」

「嗯，很暖和……同樣是火將，感覺卻比紅蓮的神氣柔和。」

聽到昌浩這麼說，朱雀笑了。

「最強神氣的強度當然與眾不同啊！好了，走吧，天貴。」

被催促的天一微笑著點頭。

不可思議的是，看著這麼自然地走在一起的兩人，就會湧現幸福的感覺。

抓住朱雀肩膀的昌浩，不由得喘了一口氣。神氣阻擋了寒風，不冷不熱的溫度與規律的震動使昌浩的眼皮變得沉重，再加上疲勞，就更沉重了。

身為人類的昌浩不能隨便進入愛宕鄉，只能等颯峰回去後，逐一向他報告疾風的恢復狀況，這樣他就可以放心了，只是——

「……」

聽見昌浩開始發出規律的鼾聲，朱雀與天一相視苦笑。

昌浩已經成長了許多，可是像這樣睡著時，看起來還是跟小時候一樣。

朱雀瞇起眼睛，想起晴明把才剛撐起脖子的嬰兒硬塞給騰蛇時，騰蛇一臉呆滯，笨手笨腳地抱著嬰兒的模樣。

天一從朱雀的表情猜出他在想什麼，用袖子掩住嘴巴，盈盈一笑。

就在這時候。

「——！」

兩人同時停下腳步，回頭望向愛宕山。

累趴的昌浩要恢復到某種程度才會醒來。

神將們神情緊繃地注視著山影。

「不會吧……」

臉色發白的天一低喃著。朱雀沉重地說：

「可是，這種感覺的確是……」

同袍正面臨生命危險。

✖ ✖ ✖

奄奄一息的小雛鳥，聲聲呼喚著躺在地上動也不動的巨大軀體。

「伊……吹……伊……吹……」

雛鳥發出微弱的啜泣聲，不管再怎麼拚命呼喊，巨大的軀體都一動也不動，沒有回應。

手掌朝上的獨臂佈滿了深紫色的斑疹。

比雛鳥大很多的粗大手指，就在一尺遠的地方。

雛鳥卻沒有辦法往前走，抓住那隻手。

——絕對不可以從這裡出來……

拖著身體爬行，好不容易爬到這裡的巨大天狗，使出最後的力量，把手上的雛鳥拋到了鐵柵欄裡的俘虜們身旁。

——那小子……一定會……在它來之前……

語尾分岔嘶啞，沒辦法聽完整，但雛鳥知道伊吹要說什麼。

它的侄子，也就是不在現場的護衛，一定會來找疾風。所以它要疾風在那之前絕對不可以出來，不管誰來都不可以。

可是……

哭泣的雛鳥顫抖著。

「為……為什麼呢？……」

急促的呼吸逐漸夾帶著痰鳴聲。已經遺忘的高燒與疼痛，又慢慢纏住了雛鳥的身體。

應該已經被陰陽師消除的異教法術，又襲向了疾風。

不，不只疾風，所有居住在愛宕鄉的天狗們，都出現了象徵異教法術的深紫色斑疹，擴散到全身。

施行這個法術的人，不是異教法師，而是——

「為什麼……會這樣……」

響起了咔噹聲。

雛鳥赫然抬起頭。

有天狗下來了，雛鳥下意識地往後退。

沒戴面具的天狗從石階走下來。

它看著躺在地上的伊吹，淡淡地說：

「居然可以拖著身體爬到這裡，不愧是前代總領的左右手。」

然後，它看著柵欄裡的雛鳥，瞇起了眼睛。

疾風第一次看到它沒戴面具的模樣。因為從沒看過它的真面目，所以儘管聽見了它的聲音，還是很難相信是它。

大張的眼睛撲簌撲簌地落下淚來。

「飄舞……」

實在難以相信的疾風，望向身為護衛的年輕天狗，看到它手上的劍。磨得十分鋒利的劍，沾滿了鮮血。

雛鳥聞到飄蕩的血腥味，打了個寒顫。

飄舞察覺疾風的視線，輕輕舉起劍說：

「沒錯……同樣身為護衛，我不忍心讓它遭受伊吹大人那樣的痛苦。」

黏稠的液體還從劍尖啪噠淌落，可見那是不久前才沾上的鮮血。

「唔……」

雛鳥不敢相信，嚇得發不出聲音來。

躺在地上的巨大天狗說過，在颯峰來之前，絕對不能出去。

飄舞把手伸向全身僵硬、連眼睛都眨不了的雛鳥，但被柵欄彈開了。

啪嘰一聲，飄舞的手被反彈回來，濺起無數的火花，隱約可以看到強烈的波動包覆著整座鐵柵欄。

它瞥一眼豎立在柵欄兩側的兩把武器，懊惱地咂咂舌說：

「耍這種小把戲……」

天狗斜睨著柵欄，視線前有兩個身影，一個低著頭文風不動，另一個蜷縮成一團。

女人的纖細手指無力地攤在地上，原本白皙的肌膚也佈滿了異教法術的印記。

儘管被強烈的咒力困住，動彈不得，她還是靠著意志力，操控著潛藏在自己武器之內的神氣。

那兩把武器原本是用來強化結界，防止神將們逃出去的，卻反而被改造成連天狗都無法穿越的防護牆。這樣也不可能抓到疾風了。

飄舞伸出右手說：

「疾風大人，快從那裡出來。」

雛鳥全身僵硬。

飄舞又對著背向自己的雛鳥說：

「如果你愛你父親和你的鄉民……就趕快出來。」

疾風反射性地抬起頭，差點被飄舞說服了。但是，眼角餘光掃到躺在地上的伊吹的獨臂，及時把它拉住了。

「不出來嗎？」

疾風搖搖頭。伊吹囑咐過，在另一個護衛來之前，絕對不可以從這裡出去。

縱使染紅那把劍的鮮血真的是那個護衛的，它也要親眼確認。

它不相信。在親眼確認之前，它絕不相信。

現在的它，只相信曾經說過「會以生命保護它」的護衛的話。

冷冷俯瞰著雛鳥的飄舞甩掉劍上的血，轉身離開了。

忽然，疾風瞪大了眼睛。那是在愛宕鄉也稱得上「頂尖高手」的護衛慣有的動作，疾風卻覺得哪裡不對勁。

「算了，反正你們的下場都一樣。」

冷酷撂下的狠話，夾帶著些許的嘲笑。

這時候，文風不動的神將勾陣動了一下手指，緩緩抬起了頭。

閃爍著酷烈光芒的視線透過凌亂的黑髮，射向了轉身離去的飄舞。

現場陷入不尋常的寂靜中。

異常的高熱與倦怠感襲來，勾陣忍不住垂下了頭，黑髮發出微弱的沙沙摩擦聲，掩蓋了她蒼白的臉。藏在黑髮下的臉頰，跟手指一樣，開始淡淡地浮現類似瘀青的斑點。

這就是連魔怪天狗都會被害死的異教法術，現在也降臨在身為神將的她身上，逐漸剝削著她的生命。

「……」

努力調節呼吸的她，聽到微弱的嘟囔聲。

「不……」

勾陣從凌亂的髮間尋找雛鳥的身影。低頭顫抖的疾風，用虛弱的聲音不斷重複著同一句話。

「那不是……」

在勾陣後面蜷縮成一團的小怪輕輕甩動耳朵。黑曜石般的雙眸有注意到那樣的動作，但她的意識都集中在愛宕天狗下任總領的喃喃自語上。

雛鳥漸漸撐不住自己嬌小的身軀，搖搖晃晃地蹲坐下來。

呼吸急促的疾風說：

「不……那不是……飄舞……」

◊　◊　◊

雛鳥不停地張開又闔上還不能盡情翱翔的翅膀，站在背後的颯峰說：

「疾風大人，你怎麼了？」

滿臉不悅的雛鳥轉身說：

「我在想我什麼時候才能飛。」

有無數的天狗在空中翱翔。

疾風第一次離開鄉裡，被帶來與大陸神仙住處相連的山谷。看著沒有霧也沒有雲的無際穹蒼，心中雀躍不已。

然而，幼小的雛鳥還沒辦法靠自己的力量飛起來。

眼看著大家飛得那麼開心，只有自己做不到，真的很不甘心。

「等你再大一點，羽毛長齊了，要飛多久都行。」

聽到颯峰這麼說，疾風的眼睛亮了起來。

「那是什麼時候？」

天真的發問讓颯峰張口結舌。每個人的成長過程不一樣，很難說是什麼時候。颯峰回想自己的過去所得到的答案，也未必可以套用在疾風身上。

「說啊，什麼時候？我什麼時候可以飛？」

「這……嗯……呃……」

當颯峰支支吾吾地說不出話來時，站在比它更後面的年輕天狗開口了。

「你的翅膀早就長齊了。」

颯峰和疾風都張大眼睛看著年輕天狗。

把臉藏在面具下的飄舞，究竟是以怎麼樣的眼神看著下任總領，颯峰只能靠猜測。然而，同樣戴著面具的它，相信那絕不會是冰冷的眼神。

向來木訥寡言的天狗面無表情地接著說：

「疾風大人，這裡有兩對翅膀，隨你選擇。」

疾風聽不懂意思，困惑地歪著頭。

颯峰恍然大悟，用力點著頭說：

「沒錯，我們就是疾風大人的翅膀。」

雛鳥交互看著兩名護衛。

「翅膀？颯峰和飄舞是疾風的翅膀？」

兩名護衛同時點頭回應疾風。飄舞還補上了一句話，語氣出乎意料之外地溫和。

「我們終生都是疾風大人的雙翼。」

◇　◇　◇

沒錯，天狗有兩張翅膀。

兩名護衛是下任總領的雙翼。

「……！」

可以說是其中一張翅膀的同胞，現在已經消失遠去了。

傷口當然疼痛，但更糟的是身體因為失血而逐漸冰冷，颯峰拚命掙扎。

絕不能閉上眼睛，因為一被黑暗吞噬，就再也醒不過來了。

它盡全力控制逐漸模糊的意識，喘著氣呼吸。

倒在它周圍的女人，個個呼吸急促，全身都被象徵異教法術的斑疹侵蝕著。

颯峰使出渾身力量，顫抖著撐起如鉛般沉重的上半身。

「疾……風……大人……」

幼小的雛鳥在哪裡？自己是下任總領的其中一張翅膀，怎麼可以在這種時候倒下來。它必須趕快找到雛鳥，盡自己的義務。

然而，身體卻使不上力。這樣下去，不但盡不了護衛的義務，還會成為狼狽的笑柄。

按住傷口，暖暖的血就往外流，在地上積成了血水窪。

當務之急就是要堵住傷口，再設法解除侵蝕女人生命的異教法術。

颯峰壓著肚子，痛得臉部扭曲變形，從眼睛流出了紅色淚水。

「飄……舞……！」

為什麼？颯峰咬牙切齒，椎心吐血地咒罵著。

處處可見躺在地上的女人們。太過安靜的愛宕鄉瀰漫著異常的氛圍，那是身中異教法術，徘徊在生死邊緣的同胞們的痛苦折磨。

回來後，颯峰沒有遇到任何人，也沒有察覺到任何人的氣息。唯一走動的人，就是用兇器刺穿它肚子的同胞。

既然所有鄉民都中了異教法術，那麼，引發這場災難的人，不就是唯一還能行動的那個人？

是你嗎？飄舞，真的是你嗎？

——它叫飄舞吧？依我看，那個天狗是主謀。

颯峰想起白色怪物說的話。

「唔……」

自己和伯父都斷然對它說不可能。還說外人哪知道什麼，所有鄉民都有可能反叛，唯獨飄舞絕對不可能背叛總領家。

忽然，呼吸變得急促，四肢也在不知不覺中產生莫名的熱度，不同於失血的另一種窒息感纏繞著它。

喉嚨像哨子般咻咻鳴響，全身都被異常的熱度包住了。

沾滿血的手指逐漸從紅色變成其他顏色，胸口不尋常地怦怦狂跳起來。

這總不會就是……

「異教……法術……！」

颯峰不寒而慄。全鄉的人都中了異教法術，連晚一步回來的它也逃不過。

這樣下去，會跟母親和侍女們一樣動彈不得，該怎麼辦呢？

驚慌失措的颯峰，腦中閃過人類男孩的身影，它顫抖的嘴唇動了起來。

「……」

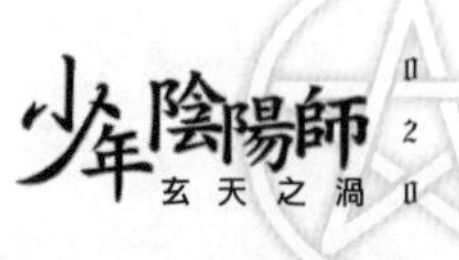

發不出來的聲音，叫喚著那男孩的名字。

他還會來救天狗嗎？還會來救對他口出惡言、讓他背黑鍋、踐踏他純潔心靈的魔怪嗎？

颯峰緊咬著牙關爬起來，血從它的臉流下來。

它知道自己太自私了，再怎麼道歉都不夠。儘管犯了那樣的大錯，它還是抱著一線希望。

「拜託你……救救大家……」

求求你，把疾風大人從這恐怖的異教法術中救出來。

陰陽師說一定會救疾風，就遵守諾言，殲滅了異教法師。現在，魔怪不得不相信、不得不仰賴這個陰陽師。

即使會被責怪太自私、太不講道理……

除此之外，它想不出其他辦法了。

天狗使出僅剩的力氣，搖搖晃晃地站起來。

2

有人在哭。

低聲嚶嚶啜泣著。

那聲音好像在哪兒聽過。

✦ ✦ ✦

昌浩張開眼睛，驚覺自己身在完全沒有亮光的黑暗中。

「又來了……」

他在光禿禿的地面上躺成了一個大字。

沒記錯的話，自己應該是殲滅了異教法師，大致治好了颯峰的傷。在送走颯峰後，就離開愛宕，跟朱雀、天一踏上了歸途。後來的事，他就沒什麼記憶了。

看來是在被運送的路上睡著了。

昌浩使把勁彈坐起來，小心地觀察四周。

異教法師已經被殲滅了，妖氣和咒力蕩然無存，連殘渣都不剩了。

那麼，這只是一般的夢境嗎？

「可是，感覺很像夢殿呢……」

空氣好像跟一般的夢境不太一樣。那種感覺很難形容，就是有種奇妙的真實感。

他拍拍自己的手臂，又輕輕捏了幾下，確認感覺。

低喃幾句後，昌浩聽見微弱的聲音，肩膀晃動了一下。

「誰……？」

有人嚶嚶啜泣著。自己就是被這聲音吵醒的吧？

不，嚴格來說，並沒有醒來，應該說是被叫進了夢殿裡。

他轉頭往後望，注視著黑暗的遙遠彼方，小心翼翼地站起來，靠腳尖摸索著前進，豎起耳朵傾聽。

那微弱的哭泣聲好像在哪裡聽過，很像以前在夢殿遇見的雛鳥的聲音。

異教法師被消滅了，異教法術應該也跟著被解除了。

昌浩低頭看著自己的手，緊緊抿住了嘴唇。他對邪魔外道的異教法師下的詛咒應該沒有失敗，因為的確有那樣的手感。

雖然中途被彈回來過，但最後他還是收服了異教法師，再用朱雀的火焰給了異教法

師致命的一擊。

神將不可以殺害人類，但異教法師已經不是人類了。原本是修行者的異教法師，吃下了天狗的女人們和伊吹的一隻手臂，這幾百年間還把種種妖怪納入體內，與那些妖怪同化，變成了異形的模樣。異教法師取得了年輕時是總領天狗左右手的伊吹的妖力，說不定力量還遠遠超越了朱雀的神氣。

總領天狗持有的力量，足以跟十二神將的騰蛇匹敵。就妖力來說，總領家在愛宕天狗族中應該是最頂尖的。下任總領疾風長大後，也會有那樣的力量。

幸好疾風沒有被異教法師吃下去，要不然，恐怕連昌浩都無法抵擋異教法師的力量。

以強烈妖力施行的異教法術很可怕，但術士消失後，一切都會跟著消失。所以沒有任何事情可以折磨愛宕總領家的幼小雛鳥了。

心頭忽然一陣忐忑。

「咦……？」

怎麼有種不對勁的感覺呢？

思緒都整理過了，卻還是覺得哪裡有問題，也不知道問題出在哪裡。

再重新整理一下，就能看得出來吧？最好等小怪和勾陣回來後，再跟他們一起整理，因為他們可以看到自己看不到的地方。

昌浩正這麼想著，看到黑暗中浮現出小小的輪廓，便停下了腳步。

小雛鳥蹲坐在地上，旁邊還有其他身影。

昌浩眨了眨眼睛，滿臉驚訝。

「勾陣？」

背對他坐著的勾陣垂著頭動也不動。有條白色尾巴從她身旁伸出來，尾巴之外的部分都藏在她背後。

「小怪……紅蓮？」

這是昌浩的夢。可能只是因為太擔心神將們，所以夢見了他們。他們分別是最強與第二強的神將。最強的神將與愛宕天狗的總領勢均力敵，多了勾陣，的確可以助長實力。昌浩只擔心他們會不會大鬧愛宕，從來沒想過他們可能遇上什麼危險。

一動也不動的兩人與哭泣的雛鳥，不過是從他的擔憂衍生出來的幻影。

然而，他的胸口卻不自然地緊縮起來。

想往前走，身體卻不能動，好像被什麼看不見的東西擋住了去路。

眼底忽然閃過一個畫面。

在黑暗中，小怪不知道要去哪裡，怎麼叫都不回頭。

那是道反事件發生之前的畫面吧？

「小怪……小怪、小怪、勾陣……紅蓮！」

昌浩把手貼在無形的牆壁上大叫。

雛鳥在哭。啜泣的雛鳥聲，微弱地響著。

——颯……峰……

剎那間，冰塊般的涼意掠過昌浩的背脊。

在疾風與神將們的遙遠前方，有團比夜晚更黑暗的凝聚體逐漸膨脹，蠢蠢蠕動著。

那團漆黑的東西披戴著變成淡茶色的骷髏，緩緩地站了起來。

昌浩打從心底發毛。

「那是……」

應該已經被殲滅的——

✕ ✕ ✕

響起嘶的吸氣聲。

心跳聲在耳邊撲通撲通作響。

他閉著眼睛伸出手摸索，聽見柔軟布料的摩擦聲。

撐開沉重的眼皮，移動視線，看到頭髮緊貼在冒汗的額頭上。

黑暗中充滿他熟悉的氣息。

「是夢……」

沒錯，剛才那是夢。他知道是夢，全身卻還殘留著如臨大敵般的緊張感。伴隨而來的強烈疲憊，使他的四肢變得沉甸甸的。

是什麼時候回來了？他正這麼想時，耳邊突然響起尖銳的聲音。

《看外面！》

那是很難得聽見的老人的聲音。老人幾乎不會直接對他說話。

全身的疲勞都被驚愕嚇跑了。

昌浩掀開被子，衝出外廊，把周圍的東西撞得東倒西歪。

安倍家的土地都有安倍晴明佈設的結界守護著。晴明不在的這段期間，神將天空更使用通天力量，加強了防護。

沒有安倍家的人的許可，誰也不能通過結界。

天空會發出那麼急迫的警告，難道是有敵人來襲？

沒多久，不見身影的朱雀和天一也在外廊前現身了。

他們三人緊盯著黑夜。一個身影穿越晴明與天空的結界，直直往下墜落。既然那位老神將允許他進來，那麼應該不是敵人。

看清楚濺起黑色液體墜落的東西是什麼時，昌浩倒抽了一口氣。

「颯峰?!」

不知道是不是昏過去了，墜落的天狗沒有擺出準備降落的姿勢。

「朱雀！」

朱雀蹬地躍起，動作比昌浩的叫聲還要快。

滑進庭院的朱雀及時接住了就快墜地的天狗。魔怪滿身是血，差點從朱雀手中滑落，朱雀用力撐住的雙手被染成了紅黑色。

發現颯峰肚子上那道深深的傷口，朱雀茫然地望著它蒼白的臉說：

「到底發生了什麼事……」

颯峰僵直不動，可能是在意識模糊中，靠意志力來到了這裡。

打赤腳跑來的昌浩看到颯峰淒慘的模樣，不禁目瞪口呆。隨後趕來的天一驚叫一聲，按住了嘴巴。

從傷口溢出來的鮮血，滴落在朱雀腳下。心意已決的天一，默默把手伸到傷口上方。

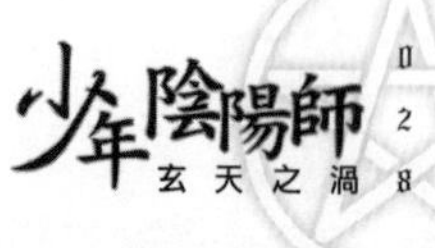

「天……」

反射性大叫的朱雀，中途把話吞回去了。現在不能阻止她。

從天一全身冒出了白光閃爍的神氣。金色頭髮和衣服被吹得輕輕飄揚，沉穩的波動包住了天狗的身體。

昌浩張大眼睛看著。出血停止了。從衣服的裂縫，可以看到傷口逐漸癒合。然而，隨著天狗的傷勢好轉，天一的肌膚卻失去了血色，愈來愈蒼白。

天狗是魔怪。因為是魔怪，所以受這麼重的傷，還能活著撐到這裡。

這時候，昌浩的腦海閃過一件事。

神將的神氣強弱，不是與生命力的強弱成正比嗎？

天狗的生命力很強，總領天狗的妖力幾乎與紅蓮勢均力敵。

「天一，不能再繼續了！」

昌浩把她的手從颯峰身上強行拉開。天一用欲言又止的眼神看著昌浩，但還沒開口說話就癱坐下來了。

「天一！」

昌浩臉色發白，跪坐下來，天一虛弱地對他微微一笑。

「請……不要擔心……」

然後她抬起沉重的頭，對朱雀說：

「快……把它抬去那裡……休息……」

昌浩還以為朱雀會拋下颯峰，抱起天一，結果出乎他意料之外，朱雀默默地把天狗抱到了外廊上。

「昌浩。」

聽到這聲低沉叫喚，昌浩跳了起來。

「拿什麼來幫它蓋上，這樣會冷。」

昌浩急忙跑進屋內，拿來自己的大外衣給颯峰蓋上。

朱雀先在水池裡洗去手上的血，再回到癱坐著不動的天一身旁，輕輕抱起了她的身體，那表情就像是自己受了重傷。

「對不起……」

嘴唇發紫的天一表示歉意，朱雀搖搖頭說：

「沒關係。」

朱雀不喜歡看到她這樣子，所以每次都會想盡辦法阻止她使用移身法術。但是，如果阻止她會讓她痛苦，朱雀再怎麼不捨都會克制自己。

轉身面向昌浩的朱雀，表情出奇的平靜。

「我要暫時離開，在我回來之前，你不要想採取任何行動，昌浩。」

語氣很平和，卻有著教人無法抗拒的威力。

看到昌浩默然點頭，朱雀才隱形離去。

可能是為了讓天一休養，暫時回去異界了。

昌浩嘆口氣，轉向了颯峰。

沒有戴面具的天狗，眼睛顏色與人類相反。但閉著眼睛時，就沒什麼差別了。

颯峰臉上有好幾條血痕。

「颯峰……」

昌浩心亂如麻，剛才的夢閃過腦海。

哭泣的疾風。凝然不動的勾陣和小怪。在黑暗中蠢動的異教法師。還有，身負重傷出現的天狗男孩。

天色還要很久才會亮，昌浩望著愛宕山聳立的西方，喃喃說著：

「到底發生了什麼事……」

✶ ✶ ✶

在靈峰愛宕的一角，飄舞悄然降落在經過激戰後被挖開的山間，手上拎著有點骯髒的圓形物體。

異教法師的咒力、陰陽師的靈力和神將的通天力量，全都消失了，只剩下光禿禿的表面。被挖走一大片的森林，視野非常遼闊。

什麼事都沒發生前，山裡的動物會在這裡走來走去，激戰後都被嚇得不知道跑哪兒去了。

每晚的貓頭鷹叫聲也聽不見，充斥著詭異的寂靜。

天狗沒戴面具，冰涼的夜風拂過它的額頭。愛宕天狗不可能有的青綠色眼睛炯炯發亮，犀利地看著周遭。

默默往前走的飄舞，腳尖碰到什麼硬硬的東西。

低頭一看，是那個陰陽師帶來的異教法師的替身，用來下詛咒，把異教法師拖來這裡。替身的心臟位置被颯峰的劍刺穿，從那裡斷成了兩半。

飄舞撿起那東西，面無表情地斜睨四周。

忽然，它陰森地瞇起眼睛，走向地表被挖得最深的地方。被召來的異教法師，就是在這裡被陰陽師的法術和神將的火焰消滅了。

飄舞走到缽盆狀的空地中心，放下了替身。

地面下有東西蠕動著。

飄舞歪嘴獰笑，腳下窸窸窣窣地波動起來。

手上的圓形物體是被土弄髒的骷髏。它把那東西放在腳下。

吃下天狗的女人而變成天狗的異教法師，又吃下天狗的手臂，取得了可怕的妖力和生命力。吃愈多，力量愈強大。

人類的壽命頂多五十年，再長也長不過百年。

異教法師想得到力量，也想得到永恆的生命。

女人與小孩被殺害的愛宕天狗們，燃起憤怒與仇恨，把曾經被它們當成客人熱忱招待的修行者逼上了絕路。異教法師作困獸之鬥，拚命反擊，天狗們也有了不少犧牲者。

最後，妻子與即將誕生的孩子都被殺害的伊吹，殲滅了異教法師，代價是失去了一隻手臂。異教法師的身體與被咬爛的那隻手臂，都被天狗們的憤怒之火燒成了灰燼。

但是，異教法師沒死。

異教法師想變得更強大，想得到更多的力量。

於是，不再是人類的邪魔外道變得更貪得無厭了。

有生命的東西，愈低等，生命力愈強。異教法師吃下了所有東西，包括許許多多的動物、昆蟲和妖怪。

外表雖然還是當時的異教法師模樣，骨子裡其實只剩下貪圖力量的執迷。

然而，不管吃多少異形，都沒有吃下天狗時的興奮感，也得不到無窮無盡的妖力。

尤其是身為總領天狗左右手的強勁天狗的血肉，更是獨一無二，一般天狗包括女人、小孩都遠遠不及。

不知不覺中，異教法師又想取得天狗的血肉了。

從飄舞腳下，湧出異教法師的怨恨意念。

——是天狗。

——在總領身旁。

——擁有強大妖力的天狗。

——可是天狗都有防備。

——沒那麼容易被吃掉。

——但是好想吃。

——好想吃天狗的肉。

——好想吃、好想吃、好想吃。

——那麼……

——生個天狗就行了……

「——天狗生下來的孩子就是天狗。」

喃喃自語的飄舞，把腰間的佩劍從劍鞘拔出一半，讓自己的右手腕滑過刀刃，再伸出右手，把鮮血啪噠啪噠滴在骷髏上。

「你想要天狗的血，就盡量吸吧！」

飄舞猙獰地嗤笑著，骷髏四周的地面像是在呼應它的話，高高隆起，黑色黏稠的東西變成無數的小纖毛，窸窸窣窣地顫動，吸著滴下來的血。

青綠色眼睛閃過怪異的光芒。

「我會給你十二神將。」飄舞淡淡地對邊吸血邊脹大，逐漸恢復原狀的那東西說：「我還會給你總領，以及愛宕的所有天狗。」

以前是修行者的異形高興得渾身亂顫，扭動著恐怖的身體。那是以前吃下去的無數妖怪中的哪一隻的模樣，飄舞也不想知道了。

飄舞冷眼看著膨脹到比人類還要龐大的邪魔外道。

這就是它的父親。

天狗的女孩，就跟人類純真的女孩一樣，被這樣的異形侵犯，難免會嚇得魂飛魄散。

「我會給你一切，最後……」

飄舞的雙眸閃過厲光。

人類想變成天狗，所以吃下了天狗。而飄舞出生時，就是天狗了。

它要的是超越天狗的力量。

蠕動的魔怪改變外形，變成酷似天狗的模樣。臉上有兩個洞，炯炯發亮的青綠色眼睛直直盯著天狗。

飄舞淡然嗤笑著，默默回看那雙眼睛。

◆　◆　◆

為什麼？為什麼？

為什麼你要這麼做？

回答我。

「回答我，飄舞……！」

一隻手伸向了半空。

颯峰茫然地看著自己在半空中抓撓的手。

「為什麼……」

緩緩握起拳頭的颯峰，聽到畏怯的叫喚聲。

「颯峰……」

颯峰移動視線，看到抱著膝蓋坐在它身旁、滿臉擔憂的昌浩。

昌浩呼地吐了一口氣。

「太好了。」

颯峰還搞不清楚狀況，頭腦一片混亂。

燈台的火焰搖曳著，這裡是它來過幾次的安倍家的房間。

白天被颯峰撞破的門還沒修好，用布封起來了。屏風放在門前，勉強用來遮擋從縫隙吹進來的夜風。

昌浩說不能讓受傷的颯峰躺在寒空下，便把它抬進了屋內。

視野角落有團黑色的東西，颯峰把視線移向那裡。

一隻烏鴉怒目橫眉，挺直著鳥嘴。

「嵬……大人……？」

異常的高燒讓颯峰的思考變得遲鈍。呼吸連躺著都很急促，可見身體出現了問題。

昌浩的表情緊繃起來。

「在異境……在愛宕鄉發生了什麼事？」

被昌浩這麼一問，颯峰瞬間呆住了，腦中一片空白。

種種畫面像狂流般，很快地排山倒海而來，淹沒了它的思緒。

「疾……疾風大人……！」

颯峰彈跳起來，頓時覺得腹部劇痛，彎起身體，痛苦地呻吟著。

「……唔……！」

傷口不知道為什麼快癒合了，這並不是全靠天狗強韌的生命力。

飄舞顫抖地抬起頭，向昌浩確認：

「是你們……？」

昌浩點點頭，從懷裡抽出護符。

「把這張符咒貼在傷口吧！這是止痛符，會舒服一點。」

颯峰盯著昌浩一會，慢慢伸出手接過護符。

啊，這個人是陰陽師。

這麼一想，眼角就熱了起來。

透明的淚水滴在接過來的護符上，用墨水寫的字稍微暈開了。

「嗚……！」

雙手握緊護符的颯峰垂下了頭，肩膀劇烈地顫抖起來。它抽搐般呼吸著，極力壓抑

就快奔流出來的哭泣聲。

飄舞、飄舞、飄舞，為什麼？我們不是一對翅膀嗎？身為下任總領的護衛，你不是比誰都忠誠嗎？你如此殘酷地對待愛宕人民，是因為它們的罪孽太深重嗎？

我不懂、我不懂。颶嵐、伊吹都打從心底信賴飄舞。我從沒見過的前代總領，聽說也很疼愛它，把它當成自己的孩子撫養長大。

究竟有什麼深仇大恨？飄舞到底在想什麼？為什麼會做出這種事？

最不應該的是，我居然沒有看出來。跟飄舞同樣身為護衛，我跟它相處的時間不是比任何人都長嗎？

看著大受打擊的颯峰，嵬發出喀喀的爪子聲，走到昌浩旁邊。

忽然有了動靜。是神氣降臨，朱雀現身了。

「朱雀。」

昌浩用欲言又止的眼神抬頭看著高大的神將，沒想到神將的表情比他想像中平靜多了。

「我把她交給了太裳和天后……昌浩，不要露出那種表情。」

朱雀粗暴地抓抓昌浩的頭，在天狗旁邊豪爽地坐下來。

颯峰赫然回過神來，一把擦乾了眼淚，現在不是沉浸在感傷中的時候。

雙手沾滿乾掉的血。它是壓住腹部的傷口，拚命從愛宕逃到了這裡。

「昌浩……」振作起來的颯峰，神情哀痛地叫喚著昌浩。「我對你的無禮，再怎麼道歉都不夠……但是希望你現在不要跟我計較……」

傷口陣陣刺痛。高熱像波浪般，隨著脈搏跳動而從傷口慢慢滲出來。光撐住上半身就非常吃力了，就算把止痛符貼在傷口上，好像也沒有多大的效果。

「愛宕的人民……都中了異教法術……」

喉嚨像灼燒般疼痛，連說話都很困難。

「異教法術？」

昌浩臉色大變。

悶不吭聲的嵬不解地歪著頭思考了一會，突然飛到大衣上，試圖用鳥嘴剝開颯峰穿的衣服。

「嵬?!你在做什麼？颯峰受傷了……」

「你們看！」

看到烏鴉指的地方，昌浩和朱雀都倒抽了一口氣。

那些深紫色的斑疹，正從癒合的傷口往四方擴散。

天狗慘笑著說：

「看來是除不掉了……」

「颯峰，愛宕出了什麼事？小怪和勾陣呢?!」

天狗抓住逼向前的昌浩的手，椎心刺痛地哀求：

「拜託你……摧毀異教法術，救出我們的同胞，救出愛宕的人民……！」

◇　◇　◇

新月形的嘴巴，在沒有月亮、星星，連微弱燈火都沒有的黑暗中嗤笑著。

從它還懵懵懂懂時，就常作這樣的惡夢。

每天、每天晚上的惡夢都很可怕，醒來時卻什麼也不記得。

有時，耳邊還會縈繞著某人的嗤笑聲。

醒來幾個時辰後，那些記憶就會從意識中消失。

然而，醒來時總會留下恐怖的感覺。

不知從何時開始，擔心它的老天狗在它房裡多擺了一張床，陪它睡。

這樣它就不會害怕了。在半夜的黑暗中，一伸手就可以摸到老天狗。

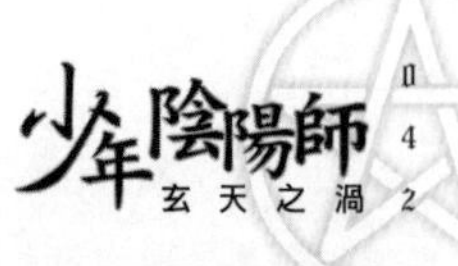

它真的真的很害怕，老天狗這樣的關心，不知道給了它多大的安慰。

在熄燈的黑暗中，聽到身旁響起溫暖的鼾聲，它就會偷偷地說：

——謝謝你……疾風大人……

兩張床併在一起睡的日子，不管作了多可怕的夢，早上醒來都有老天狗陪在身邊，成為習慣後，漸漸讓可怕的感覺變淡了。

好幾次它都想開口說謝謝，但怎麼樣都說不出口。

那是老天狗睡著後，它才說得出口的話。

它總是邊告訴自己不用怕，邊閉上眼睛，久久才能入睡。

在夢中，某人的嘴巴笑成了新月形。

還嘲諷般地低喃著。

——呵，那個天狗對你很重要嗎？呵，這樣啊，原來如此……

某天早上，它平靜地醒來時，床上的老天狗已經全身冰冷了。

◇　◇　◇

3

昌浩猛眨著眼睛，困惑地重複著颯峰的話。

「異教法術……？愛宕所有人都中了異教法術？」

颯峰忽然把臉皺成一團，低聲呻吟，手按著腹部，冷汗直冒。

高熱和疼痛隨著脈搏的撲通跳動從腹部擴散到了全身。沒有戴面具的額頭上也浮現淡淡的斑疹，從那裡飄散出異常的熱氣和異教法術的咒力，宛如蒸騰的熱氣緩緩上升，像在尋找什麼般裊裊蔓延開來。

這時候，從旁邊伸出了一隻手把天狗用力推開，再把昌浩往後拉。

昌浩看到朱雀目露兇光瞪著颯峰。

「朱雀？」

「颯峰，那個異教法術是不是會波及所有像這樣跟你扯上關係的人？」

「朱雀，你在說什麼？」

「你不要說話。異教法術的咒力正蠢蠢欲動，像是在找尋什麼獵物。颯峰，快回答我是不是？」

疾言厲色的朱雀斜睨著颯峰。

颯峰顫抖地抬起頭，輕搖著頭說：

「不知道……我看到婦女們被異教法術侵入身體，倒在地上……也感覺到異教法術正在鄉裡蔓延……可是……」

它沒有想過異教法術會不會像傳染病那樣，無條件又無限制地波及到附近的人。

朱雀抓著昌浩，把他拖到自己背後，不客氣地苛責颯峰。從他身上散發出來的神氣帶著熱度，鎮住了異教法術的咒力。

「聽你這麼說，現在侵蝕你的法術，應該就是波及異境所有人，會讓人喪命的可怕異教法術。身為魔怪的天狗擁有過人的力量，都被侵蝕得這麼嚴重了，你為什麼沒想過，身為人類的昌浩中了異教法術會怎麼樣？」

颯峰瞠目結舌，嘴唇微微顫抖。

朱雀的語氣一點都不兇暴，說的話卻很震撼，天狗像被雷擊中般沮喪地垂下了頭。

神將說得沒錯。

疾風身上的異教法術只把疾風當成目標，其他人不管多靠近它，都不會被波及。

但這次不一樣，不是異教法師施行的法術。這次的法術遍及所有住在遼闊愛宕鄉的天狗們。接近被異教法術侵犯的人，的確很可能被咒力波及。

「對不起……我太欠考慮了。」

颯峰緊緊抓著大外衣的手，因為太過用力都發白了。

被朱雀抓住的昌浩，好不容易掙脫出來。

「沒關係，我做好了種種準備，不會被詛咒。」

「你想得太天真了。」朱雀打斷昌浩的反駁，聲音有些僵硬。稍微猶豫後，又接著說：「在異境的騰蛇和勾陣，正面臨生命危險。」

昌浩忘了要呼吸，抬頭看著朱雀的表情似乎被嚇呆了。

在腦中重複這句話的昌浩，覺得心臟異常地狂跳起來。

「小怪……和……勾陣？」

朱雀點點頭，轉頭對颯峰說：

「我沒辦法想像發生了什麼事。我們十二神將對異境的事也不清楚，但聽完你說的話後，總算明白了，恐怕……」

異教法術的咒力，連擁有強韌生命力的天狗生命都可以輕易奪走，恐怕他們兩人也被波及了。

昌浩呆了好一會，才開口說：

「他們是十二神將最強與第二強的神將啊……」

在夢中，勾陣背向了他，小怪躲在後面，只露出了白色尾巴——

「但並不是不死之身。」

朱雀強裝鎮定地淡淡回答。他向來是屬於衝動型，但因為現在只有他陪在昌浩身旁，所以只好接下平常由其他人扮演的角色。

做了幾次深呼吸後，受到衝擊而停止的思緒才動了起來。

昌浩臉色大變。

「那麼，要去異境救他們……！」

「不行。」

「為什麼?!朱雀，你也想救小怪他們吧？」

「騰蛇把你託付給了我。」

淡金色的眼眸閃過厲光。

「聽著，昌浩，你已經履行對天狗的約定。你殲滅了異教法師，救了總領家的繼承人，不准再給魔怪任何承諾了。」

「可是！」

「昌浩！」

出乎意料的強烈語氣，讓昌浩不敢再說什麼。

朱雀又嚴厲地說：

「為什麼騰蛇和勾陣非去異境不可？是誰造成了這種局面？」

昌浩的肩膀抖動了一下。

他們會去異境，就是因為他欠缺思慮，給了天狗承諾。

「……」

昌浩緊繃的臉頓時失去血色，被託付的神將教訓啞然失言的他說：

「感情用事，很容易被絆住，有時必須冷酷地捨棄某些東西。」

稍微停頓後，朱雀又帶著心痛的眼神說：

「我想騰蛇也會說，幸好去的不是你。」

而且，這樣的猜測一定不會錯。

昌浩看著朱雀，連眼睛都忘了眨，覺得喉嚨乾渴灼熱，張不開嘴。

「小怪他們……會怎麼樣？」

朱雀搖搖頭說：

「我的通天力量跟他們相差懸殊。鬥將有過人的生命力，只能期待這一點了。」

「什麼意思……」

「徘徊在生死關頭時，鬥將會徹底解放平時壓抑的力量。最強與第二強鬥將的神通

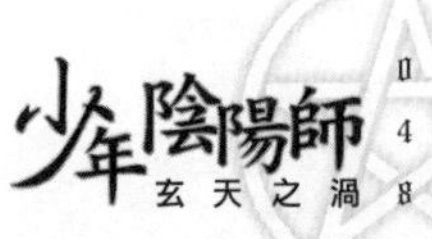

力量一旦爆發出來，恐怕會把施放異教法術的異教法師，連同異境一起摧毀了。」

昌浩倒抽了一口氣。

連同異境一起？

「你是說會把愛宕鄉的天狗們……」

朱雀沒有回答。

昌浩還來不及發出反射性的叫聲，颯峰已經先慘叫起來了。

「不會吧……！」

颯峰拖著疼痛的身體，伏跪在朱雀腳下。

「拜託你！救救愛宕的人民！除了陰陽師外，我沒有其他人可以求了！」

朱雀怒目而視。

「你要昌浩為這件事拚上自己的性命嗎？抓走我們的同袍，踐踏我們一片真心誠意的，是你們天狗吧？被說成是邪魔外道，你也無話可說！」

大聲斥喝的朱雀魄力十足，昌浩不敢插嘴。

以頭叩地接受訓斥的颯峰，用力地吸了一口氣。

「沒……」

淚水從懇求的颯峰雙眼滑落下來。

「沒錯……我們是邪魔外道……」

好巧，在愛宕山間被朱雀與紅蓮擊退的飄舞，也說過同樣的話。

然而，話中的想法、意義卻迥然不同。

「就因為是邪魔外道……所以更在意……侍奉的總領家與愛宕鄉人民的安危……」

看著跪拜不起的颯峰，朱雀再也說不出話來。

「颯峰……」

昌浩以吐氣般的聲音叫喚著颯峰的名字。飽受異教法術折磨的天狗的悲痛懇求，扎刺著他的耳朵。

「我再求你一次！請救救愛宕鄉、救救疾風大人……！」

橫眉怒目正要破口大罵的朱雀，被昌浩抓住了腰帶。

「對不起……」

昌浩抬頭看著轉向自己的朱雀，露出小孩挨罵般的神情。

「我已經答應過颯峰了。」

答應過颯峰會救疾風。

「而且……不那麼做，小怪和勾陣也會罵我……」

現在拋下天狗不管，他們兩人一定會說至今以來的努力都白費了，以史無前例的氣勢把他罵到臭頭。他們已經夠生氣了，不難想像會把破過去紀錄的最大憤怒發洩在他身上。

「所以……我想救所有人……救得了的話，我想救大家。」

昌浩雖然說得支支吾吾，卻一步都不肯退讓。

成為不傷害任何人、不犧牲任何人的陰陽師，是昌浩的最高理想與目標。

狠狠瞪著昌浩的朱雀，最後也不得不妥協，深深嘆了一口氣。

「昌浩，我必須告訴你一件事。」神將對有點怕他的昌浩說：「騰蛇不是老生你的氣，他是教訓你。教訓跟生氣是兩回事，你不要搞錯了。」

「是……」

昌浩畏縮地點點頭，在颯峰前面蹲下來。

「颯峰，抬起頭來。」

天狗順從地抬起了頭，昌浩對它說：

「我夢見疾風在哭，小怪他們也在……還看到異教法師在遙遠的地方。我以為我已經殲滅了異教法師，結果好像還沒有。對不起，我失手了。」

看到昌浩低頭道歉，颯峰慌忙搖頭說：

「不，那不是異教法師施放的法術，是……飄舞……」

昌浩和朱雀都目瞪口呆。

飄舞？那個天狗嗎？為什麼？

朱雀單腳跪下來，檢視颯峰腹部被刀刃刺穿的傷口。

「這是被飄舞刺傷的？」

颯峰肩膀顫動著，默默點頭。

「那麼，異教法術也是它？」

這次颯峰搖頭了。

「我不知道……是不是真的是飄舞……我不知道。」

昌浩與朱雀面面相覷。

原本以為是殲滅異教法師的行動失敗了，受傷的法師怒火中燒，對愛宕所有人民施放了異教法術。然而，事態的嚴重性似乎遠超過昌浩的猜測。

為了救疾風，飄舞曾經說過，把昌浩吃下去就可以得到陰陽師的力量。不惜這麼做也要救疾風的飄舞，為什麼要殺死同樣是護衛的颯峰呢？

「難道……飄舞的目的是十二神將的通天力量？」

這樣的暴行是為了取得凌駕天狗的力量嗎？

颯峰搖頭否定了昌浩的疑問。

「不知道……我實在猜不出飄舞在想什麼，為什麼會做出這樣殘暴的事。我認識的飄舞，絕對不是那樣的人……」

昌浩與朱雀面面相覷。

他們兩人都見過飄舞，但沒接觸過戰場外的飄舞。颯峰口中的飄舞與他們短時間內認識的飄舞，好像相差很多。

「飄舞……為什麼……那麼做……」

低吟的颯峰呼吸急促起來，身體搖晃了一下。昌浩扶住連上身都撐不住的颯峰，反覆思考著這件事。

要受邀才能進入愛宕鄉，而邀請人必須是總領天狗。

總領天狗颸嵐不知道怎麼樣了？如果是愛宕所有人都中了異教法術，那麼，颸嵐也在生死邊緣嗎？

沒有颸嵐的邀請，昌浩就不能進入異境。強行進入的話會跟前幾天一樣，力氣逐漸衰減，最後動彈不得。

既然不能進入異境之鄉，就得在外面驅除蔓延異境的異教法術。

倘若相信自己的夢，那麼異教法師的確還活著。是不是這次把異教法師徹底殲滅了，就可以驅除所有天狗身上的異教法術呢？倘若施放法術的人，是妖力強過異教法師

的飄舞，就很難估算這次的異教法術有多強大了。
不管怎麼樣，現在情況不明，想得再多都沒有用。
看到昌浩沉重的表情，朱雀叮嚀他說：
「昌浩，千萬不要做什麼傻事。」
「什麼傻事……」
「我哪知道，舉例來說就像『先去異境看看』之類的事。」
「……」
昌浩的眼神心虛地四處飄移，朱雀兩眼發直。
「喂！」
朱雀正要窮追猛打時，颯峰壓住腹部，發出了更痛苦的呻吟聲，朱雀只好放棄。
「噢……唔……」
皮膚慘白、毫無血色的颯峰痛苦呻吟著。昌浩看看四周，希望從中找出什麼辦法。
他惦記著愛宕的天狗們，也擔心小怪和勾陣的安危，更不能不管眼前的颯峰。
傷勢大多被轉移到天一身上了，但還不到痊癒的程度。止痛符也沒有效，不知道是不是因為傷口被注入了異教法術的咒力。
如果真是這樣，對方設想得太周到了。即使逃走，傷口也會因為咒力而無法癒合，導致流血過多喪命。倘若傷口癒合了，還是會被異教法術奪走性命。不管怎麼做，都是死路一條。

「異教法術啊……那麼……」

腦袋轉個不停的昌浩，拿出沒用過的紙張，開始用小刀切割，沒多久就裁出了人偶形狀。

昌浩不會寫天狗的文字。

「颯峰，你可以寫下名字和歲數嗎？」

痛得把身體彎成く字形、呼吸困難的天狗，滿臉冒著冷汗點點頭。

它接過筆，在放在地上的人偶寫下歪七扭八的文字。它知道這是用來做什麼的，所以下筆毫不猶豫。

這東西是替身，用來轉移異教法術。疾風也被這東西救過一次。只要除去異教法術的咒力，靠身為天狗的颯峰的生命力，傷口就可以在瞬間痊癒。

往人偶吹三口氣，人偶就會成為颯峰的替身。

大家都這麼想。

然而，剛做好的替身突然燒了起來。同時，颯峰也開始抽搐，滿地翻滾。

「啊……唔……」

朱雀馬上鎮住了天狗。天狗的臂力強勁，萬一痛得在無意識中暴動，不小心傷到昌浩就慘了。

被朱雀從後面抱住的颯峰發出嘶啞的慘叫聲，把昌浩嚇得臉色發白。

「替身沒用……！」

難道是搞錯了哪個步驟？還是颯峰意識不清，寫錯了字？如果是這樣，昌浩也不知道錯在哪裡。

只好從頭再做一次。讓颯峰寫下名字，吹三口氣。

結果還是一樣，颯峰身上的異教法術瞬間就把人偶燒毀了。反彈回來的異教法術還增強了威力，使颯峰更加痛苦。

思考著怎麼會這樣的昌浩，忽然想到一件事。

陰陽師的法術，決定於陰陽師的力量。異教法師和飄舞都清楚昌浩的法術。

這次的異教法術比之前強勁，還設定好不能轉移到替身。很可能是為了防止被轉移至替身，而預先施行了封鎖的法術。

總之，這次沒辦法用人偶救颯峰了。

那麼，該怎麼辦？沒有天狗帶路，很難到達愛宕之鄉。現在昌浩身旁的天狗只有颯峰一個。其他天狗都中了異教法術，徘徊在生死邊緣。

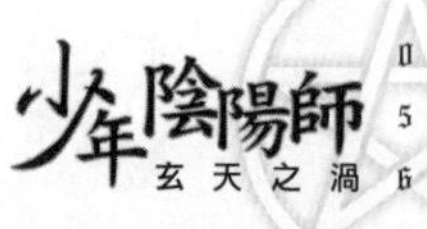

不如孤注一擲，把異教法術反彈回去？但是對方施放法術時想得這麼周全，恐怕連法術可能被反彈回去都想到了吧？說不定正做好準備，等著法術被反彈回去。貿然出手的話，不只颯峰，連昌浩都可能遭到反擊。

「安倍昌浩啊……」

一直保持沉默的道反守護妖終於開口說話了。

專注思考的昌浩連看都沒看它一眼，隨口回應：

「嗯，幹嘛？」

颯峰全身散發著異常的高熱，斑疹已經擴散到脖子一帶。沒時間了，行動要快，可是該怎麼做呢？

無計可施的昌浩正焦慮不已時，嵬又叫了他一聲。

「喂，安倍昌浩啊。」

「幹嘛啦！」

煩躁的昌浩語氣粗暴。烏鴉舉起一隻翅膀，指著天狗說：

「這是異教法術吧？」

「看就知道啊。」

「驅除天狗身上的咒力就行了。」

「沒錯，就是想不出辦法……」
沒等昌浩說完，烏鴉就飛到他肩上，用爪子抓住衣服，啪吵啪吵拍動著翅膀，像是要他站起來。
「嵬？我現在沒空跟你玩……」
「既然你無計可施，就找人幫忙啊！」
「找人幫忙？找誰？」
去找在生人勿近的森林裡的天空嗎？還是要去找在遙遠伊勢的祖父？
嵬繼續拉著昌浩。拗不過烏鴉的昌浩站起來，被拉到外廊上。
「異教法術是靠咒力帶來穢氣。如果靠人類的力量不能對抗，何不借用神的力量？你不是常常這樣藉助神的力量嗎？」
嵬飛到外廊後，把昌浩拉到看得見北方群山的地方。
停在高欄上的嵬，指向聳立在黑暗中的山峰。
「對坐鎮在那裡的神來說，這不過是件小事。」
猜到嵬說的是哪位神明，昌浩彷彿聽見血液又唰地往下流失的聲音，只是原因跟剛才不太一樣。
下意識往後退的昌浩猛搖著頭說：

「不行，不可能。不但不可能，我也不想那麼做。」

看到昌浩這麼膽怯，嵬瞠目而視。

「你說什麼？安倍昌浩，眼前就有個人來向你求救，還痛苦地喘著氣，你居然說這種話！太殘忍了！愛宕的天狗們只能仰賴你這種沒骨氣的陰陽師，死也不會瞑目！」

昌浩的頭卻搖得更厲害了。不管嵬怎麼說，他都不會那麼做。

回京城後，他都還沒向那位神明報告呢！還沒報告就先向祂求助，不把祂氣死才怪。

雖然小怪已經先代他去道過歉，但事情不可能這樣就結束了。原則上，昌浩必須親自去請安，小怪只是居中斡旋，在他正式拜訪前先充個數而已。

再加上又想到另一件事，昌浩的頭就搖得更堅定了。

「不行，不能向神明求助。颯峰是天狗，怎麼說都是妖魔。怎麼可以為了救妖魔而藉助高淤神的力量呢？高淤神絕對不會答應，別想了。」

縱使跪拜叩首，以神高傲的自尊，也絕不會為魔怪天狗付出任何心力。更何況不可能帶颯峰去見神明。再怎麼說，颯峰都是魔怪，不可能進得去貴船的正殿。帶它進去，不是會玷污神域嗎？

嵬挺起胸膛說：

「沒錯，的確不能把那種妖魔帶進高格調的神坐鎮的靈峰。」

「就是嘛。」

昌浩才鬆一口氣，就聽到令他難以置信的話。

「那麼，就把神請出來啊！」

靈峰貴船守護著平安京城的北方。在日本屬前五大神社的貴船神社，祭祀的是高龗神。

原貌是銀白色龍身的貴船祭神，有時會以人的模樣出現。降落在貴船神社正殿的船形岩上的身影，總是那麼威風、華麗。光是默默站著，就會散發出令人不寒而慄的神氣。深藍色的雙眸清澈透明，眼神冷冽如冰。

昌浩特別得這位神明的垂愛，所以被救過幾次，也曾求助於祂。但是，神會不會伸出援手，就要看當時的運氣了。

啞然無言的昌浩盯著烏鴉。寬乍看是隻烏鴉，其實是隻守護妖，在出雲國的道反聖域，侍奉阻隔黃泉與人界的道反大神。

沒錯，它不是一般烏鴉；它的確不只是一隻聒噪的烏鴉而已。

昌浩把雙手伸向抬頭挺胸的烏鴉，猛然抓住它的黑色身體。

「咦？」

「嵬……你是在說笑吧？這是玩笑吧？拜託你，不要在這種緊要關頭，開這種不好笑的玩笑好嗎？」

昌浩一口氣把話說完，嵬卻扭動身體從他手中掙脫，高傲地說：

「我才沒說笑呢。在安倍家，以那座森林的地氣最強，純淨無瑕，可以在那裡迎接神的降臨。」

「就跟你說不是那種問題嘛！」

「不然是什麼問題？不就是把祂請出來，在這地方降臨嗎？如果你請不來，就借用神將的力量啊。再怎麼說他們也是居眾神之末，儘管神格相差懸殊，也不至於被一口拒絕。」

題外話，前幾天拜訪貴船的紅蓮曾經嚴重頂撞高龗神，把同袍們嚇得直發抖。

昌浩和嵬都不知道這件事，知道的話，恐怕守護妖也會提出稍微不一樣的想法吧。

「水能沖走污穢。以目前的狀況來看，最適合向這位神明求援。」

嵬說得很認真。

昌浩覺得暈眩，有點站不穩，反射性地張開雙腳撐住，但還是不知道該如何回應這麼過分的提議。

拜託神驅除天狗的異教法術已經夠離譜了，還說要把神請來這裡，根本是異想天開。說得好聽是天不怕地不怕，說得白一點，是不知道死活。

嵬身為道反大神的守護妖，居然提議把天津神請出來，這樣的想法遠遠超出了昌浩的理解範圍。

「祂可是全日本屈指可數的天津神呢！這麼做萬一觸怒了祂，恐怕會被整到死！」

嵬搖頭反對昌浩說的話。

「沒這種事，那位神明算是我們道反大神的姊姊，能力與我們道反大神不相上下，一定是大慈大悲。」

遙望著北方的嵬說得自信滿滿。昌浩忽然想起某件事，戰戰兢兢地提出了他的疑問。

儘管心想應該不可能。

「嵬……你見過高淤神嗎？」

烏鴉滿臉不屑地張開鳥嘴說：

「安倍昌浩，你也太沒禮貌了。」

「啊……說得也是，對不起。」

多麼愚蠢的疑問啊！嵬都這麼說了，當然很了解這位神明的為人。不對，對方是

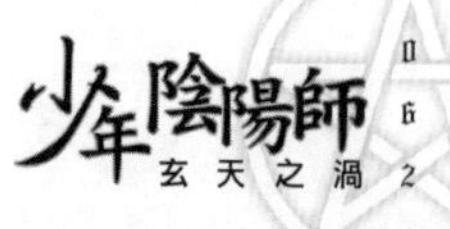

神，所以不該說「為人」。

「在發生天狗事件之前，我從來沒有離開過公主這麼久。所以，我怎麼可能拜見過公主還沒見過的高靇神呢？」

「……」

這次昌浩真的暈了，頭撞上拉門旁邊的柱子，無言地抱著頭好一會。

正努力把想說的話壓到心底時，嵬又毅然決然地對他說：

「總之，這樣下去不是辦法，而且我也擔心伊吹大人的安危。嘗試所有可行的辦法吧！陰陽師不就該這樣嗎？安倍昌浩！」

昌浩哀怨地瞪著嵬。看起來明明就是一般烏鴉，卻很會戳人痛處。

嵬說得沒錯。

昌浩答應過會救疾風，還決定救愛宕山的天狗們。

既然如此，不計一切手段去做已經成了他的義務。

新月形的嘴巴嗤笑著。

◇　◇　◇

4

前代總領疾風過世後，失去撫養人的飄舞被接到當今總領颶嵐居住的總領宅院。以前跟疾風一起生活的住處，也是在當今總領宅院那個區域，但面積比較小，房間數也不多，除了負責照料起居的中年侍女進進出出外，幾乎沒有訪客。

飄舞很少有機會接觸其他人，所以搬到人來人往的總領宅院，對它來說有些困擾。疾風不會責怪飄舞想什麼都不說，也不會逼它說出來，總是讓它平靜地做自己。孤兒的身世讓飄舞變得很敏感，但因為有撫養人的溫暖，它並沒有嘗過真正的孤獨。

年輕時，疾風擁有在歷代總領中數一數二的強大妖力，聽說老了以後，力量還是不輸給當今總領。

然而，飄舞從來沒有看過疾風發威，它總是滿臉笑容，一副好爺爺的樣子。

前代總領不愛鋪張，所以喪事也是低調辦理。

是飄舞幫沉睡般的疾風淨了身、換了衣服。颶嵐禁不起它一再懇求，才答應讓它做的。

飄舞卻不太記得當時的事。

當它回神時，喪禮已經結束，它獨自待在沒有其他人的獨立小屋中。

伊吹擔心孤獨無依的飄舞，黃昏時去看它，安慰它說它很勇敢地盡到了最後的責任，它卻不記得自己是怎麼替疾風淨身、換上了壽衣的，真的不記得了。

可能是太悲傷、太寂寞，所以把心遺忘在哪裡了。

就在它逐漸習慣在總領宅院被使來喚去的生活時，隱居的獨臂天狗來找它。喪禮之後，它們就沒再見過面。

疾風活著時，一直在教飄舞劍術。看到它進步神速，疾風喜出望外。

——再過些時候，我就把你交給伊吹吧，它的劍術比我強。

飄舞握木劍握得太認真，右手都長繭了。疾風看著它的右手，眉開眼笑。

似乎在飄舞不知情的狀態下，疾風與伊吹已經談好了。

偶爾會來前代總領住處的獨臂天狗，身體比飄舞高大許多，但個性豪邁、爽朗，很快就消除了它的恐懼感。

伊吹常用獨臂大手粗魯地撫摸飄舞的頭，但它並不覺得討厭。

打掃完庭院，正在休息時，伊吹帶著練習用的木劍來找飄舞。

「前代總領把你交給了我。飄舞，你想變強嗎？」

飄舞毫不猶豫地點著頭。

「哦，為什麼？」

伊吹面具下的雙眸閃過厲光。

飄舞毫不畏懼地回答：

「為了服侍總領大人。」

只有這麼做才能報答前代總領的恩惠，這是它深思熟慮後的結論。

「疾風大人沒有放棄我這樣的人……為了報答這分恩情，我更要侍奉颶嵐大人和未來即將誕生的下任總領，所以我想變得更強。」

聽到稚氣未脫的飄舞這麼說，伊吹心想這孩子應該知道自己的身世了。

是誰告訴它的呢？前代總領絕對不會說。那麼，就是來當今總領宅院後才知道的。

伊吹摸摸飄舞的頭，點著頭說是嗎？

知道自己的身世後，它一定很痛苦，詛咒過自己吧？但是，它沒有讓任何人看出來，悄悄埋在心底深處，一個人熬過來了。

「伊吹大人，請務必……」

伊吹舉起手制止飄舞，哈哈大笑說：

「我們都是侍奉總領大人的身分，不用叫我大人。」

「可、可是……」

伊吹是比飄舞多活過很多年的天狗，是前代總領的左右手，也是當今總領颶嵐的護衛。飄舞怎麼敢把這麼偉大的天狗當成同等地位的人對待。

「不然這樣吧，」看到飄舞那麼猶豫，伊吹又接著說：「你好好鍛鍊，在劍術得到總領大人的認可時，就不要再叫我大人了，好嗎？飄舞。」

就這樣，飄舞勤奮練劍，參加過無數保護愛宕的戰役，立下不少功勳。

大家都很佩服飄舞的劍術。就在它慢慢融入年輕天狗群的時候，有個嬌小活潑的年幼天狗來求它傳授劍術。

它說它是獨臂天狗伊吹的侄子。

飄舞嚴厲拒絕，要它回去跟伊吹學，它卻怎麼樣都不死心。

「我想跟愛宕第一高手學嘛！我伯父說，飄舞才是愛宕第一！」

其實，它並不相信伯父說的話，私下透過在總領宅院工作的母親請教總領這件事。

總領颶嵐回答說，現在的愛宕第一高手是年輕天狗飄舞。

所以，就是飄舞沒錯，年幼的天狗硬是要跟飄舞學劍。

飄舞生氣地說：

「愛宕第一，我不敢當。要學劍……去跟你的親人伊吹大人學。」

聽到侄子誇著臉說起這件事時，伊吹臉上堆滿了笑容。

「這樣啊、這樣啊，飄舞這麼說啊。」

年幼的颯峰雙手握起拳頭，激動地說：

「我不會放棄，我一定要跟飄舞學！」

半年後，颯峰終於說服飄舞，興匆匆地開始跟飄舞學劍。

——好可憐，笑得那麼幸福、那麼開心。啊！好可憐，總有一天，你將會失去這一切……

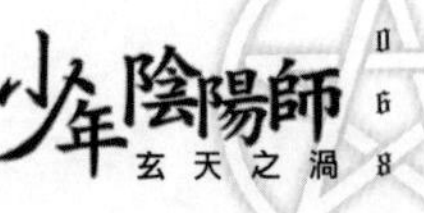

◇ ◇

對自己施行暗視術的昌浩，以前所未有的認真態度盯著手上的書。

生人勿近的森林裡，連貓頭鷹的聲音都沒有，只聽見樹葉隨風搖曳的摩擦聲。

天空隱形了。感覺不到他的氣息，可能是躲在哪裡，或是暫時回異界了。

森林的中央一帶，有個很深的洞。

昌浩盡量保持距離，不靠近那個洞，在森林空曠的地方，也就是天空經常打坐的岩石地專心進行淨化儀式。當然不是因為天空說了什麼。

朱雀合抱雙臂，默默看著表情嚴肅、嘴巴念念有詞的昌浩。颯峰虛弱地靠在旁邊的樹幹上。

在腹部貼了好幾張止痛符，也只能緩和疼痛，不能完全消除。颯峰只好咬著牙，忍耐疼痛。

看到朱雀擔心的表情，年輕天狗對他說：

「這點痛算什麼，疾風大人也一直在忍耐疼痛啊！身為護衛的我，怎麼可以敗給這種程度的異教法術……！」

天狗有天狗的尊嚴。颯峰更秉持非完成任務不可的信念，勉強支撐著。

朱雀可以理解颯峰的想法。不管魔怪或神將，對主人都是同樣的心。

昌浩把綁著長紙條的楊桐插入錐形瓶內，放在磐石上。楊桐樹是種在庭院裡的，他在來這裡的路上隨手剪下了幾根。

安倍家到處都種著楊桐樹，原本就是用來祭神。昌浩直到自己使用時，才想到緣由。他從來不知道有這層意義。

在陰陽寮進行祭神儀式時，都是由身為直丁的昌浩負責準備道具，但也只是把需要的東西寫出來，下訂單而已。最重要的是當天能不能備齊，至於東西是從哪裡弄來的，他從來沒想過。

去深山找很辛苦，種在庭院裡的確方便多了。昌浩希望自己以後可以在更輕鬆的狀況下了解這種事。

楊桐是神靈的依附體，用來請神降臨。還要在四方豎起幡帛旗，念誦祝詞淨化場地。

「謹言……」

念完不算太長的祝詞，擊掌合十收尾後，昌浩做了個深呼吸。

事到如今，只能豁出去了。如果沒有足夠的決心，縱使念招神咒語，神也聽不見，必須把全副精神集中在言靈上。不管任何時候，進行祭神儀式都要全神貫注。

雖說是豁出去了，但是在這緊要關頭，昌浩還是得強壓住想逃走的念頭。

嗚嗚，好害怕、我不想做啊！要是旁邊沒有其他人，我早哭出來了。沒開玩笑，我從來沒有比現在更害怕過。從以前到現在，我大戰過很多妖魔鬼怪，也被神將們，尤其是紅蓮兇狠地罵過好幾次。那些經歷也都很可怕，真的很可怕，可是回想起來，都比現在好太多了。

「……」

對神靈依附體合十膜拜的昌浩動也不敢動一下。

嵬停在颯峰靠著的那棵樹上，微微歪著頭說：

「那傢伙在猶豫什麼啊？」

朱雀瞥嵬一眼，望向了遠處。前幾天，他聽去過貴船的天一說，騰蛇與高龗神之間有段殺氣騰騰的對話。昌浩很久沒去貴船已經夠糟了，又發生那樣的事，現在要請神降臨，恐怕要抱定必死的決心。

颳起了風。神將天空佈設的結界產生了些微的質變，讓除了邪惡之外的東西可以進得來。

昌浩終於下定了決心。

「恭請高龗神……」

邊調整呼吸，邊以獨特的韻律念誦的昌浩，是在很久以前從祖父那裡學會了請神的咒語，但還沒有實際念誦過。

不用說也知道，因為還沒發生過必須佈設結界、準備神的依附體、恭請神明降臨的大事。

「降臨神座……」

昌浩集中精神，重複念誦三次咒語。

念完後，現場陷入沉重的寂靜。彷彿承受不了那樣的寂靜，昌浩耳中響起了「鏘」的耳鳴聲。

在連風都沒有的寂靜中，強烈的神氣狂流呼嘯著直奔而下。

昌浩不由得交叉雙手護住眼睛。整座生人勿近的森林都被狂風颳得軋軋作響，樹木慘叫連連。

沒多久，轟轟咆哮的風戛然而止，四周飄蕩著清靈的神氣。

昌浩慢慢張開眼睛，輕輕放下手臂。

以人形現身的貴船祭神手臂環抱著胸前，踮起腳尖站在楊桐枝上。身影比在正殿的船形岩上出現時還要透明，整體顏色淡了許多。

高龗神傲慢地低頭看著昌浩，眼冒怒火，目光如炬。面對這樣的視線，昌浩的冷汗像瀑布般從背脊流下來。

他在心中吶喊著：

在這種狀況下，絕不能求高龗神幫魔怪驅除穢氣，死也不能說出口！

「陰陽師——」

聽到冰冷的聲音，昌浩全身血液唰地往下竄。

貴船祭神淡淡地對僵直毫無反應的昌浩說：

「你遵照正確步驟請神降臨，所以我來了。什麼事？」

額頭冷汗直流的昌浩，覺得自己的壽命縮短了好幾年。

看到昌浩完全被高龗神的氣勢壓倒，根本說不出話來，嵬終於忍不住大剌剌地往前走。

「天津神高龗神啊。」

高淤把視線轉向烏鴉。嵬飛到昌浩肩上，收起翅膀，拉長脖子說：

「初次見面，榮幸之至。我是在遙遠的西國出雲侍奉道反大神的守護妖。我主人的姊姊高龗神玉體安康，可喜可賀。」

貴船祭神微微瞇起了眼睛。

「喲，你是道反的守護妖啊？叫什麼名字？」

「道反女巫為我取名為嵬。」

高霾神看著昌浩、嵬、在他們後面待命的神將，以及沒見過的異形，高傲地說：

「什麼事？」

昌浩還是呆呆佇立著，嵬替他恭恭敬敬地回答：

「那位是信奉國津神的愛宕天狗之一。我們恭請高霾神降臨，是希望可以借用神的力量，替它驅除異教法術的穢氣，還請完成我們小小的心願……」

低頭懇求的嵬用爪子掐了一下昌浩的肩膀。昌浩這才猛然回過神，慌忙跟著烏鴉那麼做。

當場伏地叩首的昌浩，好不容易才擠出話來。

「高淤神，請協助我……！」

貴船祭神面無表情地看著勉強說出這幾個字的昌浩。

「你要說的話只有這些？」

面對嚴厲的質問，昌浩絞盡腦汁思考。

「啊、啊……！我從伊勢平安回來了！」

對自己脫口而出的話，昌浩驚慌得手足無措。再怎麼樣，都有其他話可以說吧？回京城後遲遲沒去報告，不管道歉幾次都不嫌多。

貴船祭神先是微微瞪大了眼睛，然後忍不住輕聲笑了起來，舉起一隻手，優雅地撥開垂落的頭髮，雙眼微瞇地說：

「你還是那麼有趣呢……」

「什麼？」

昌浩戰戰兢兢地抬起頭，看到貴船祭神揚起了一邊嘴角，像是在笑。

他想起以前好像也有過同樣的畫面，可見自己一點長進也沒有。

高龗神舉起右手輕輕一揮，蘊含神氣的涼風就包圍了天狗，又瞬間散去。

剎那間被冷空氣包圍的颯峰不由得閉起了眼睛。冷空氣轉眼散去時，因痛苦而變得短淺的急促呼吸也舒緩了許多。

颯峰試著站起來，但一陣暈眩又癱坐下來。因為失血和長時間的折磨所消耗的體力，沒那麼容易復元。

朱雀默默扶起還微微喘著氣的颯峰。颯峰向出手相助的神將簡短道謝後，仰頭望著貴船的祭神。

天狗的守護神是國津神猿田彥大神。颯峰有生以來，從沒接觸過天津神，不知道該說什麼才好。

朱雀趕緊替找不到話說的天狗代言。

「我代替笨口拙舌的天狗，感謝高龗神所賜的溫情。」

高淤神露出調侃的笑容說：

「以前那麼粗魯的神將，最近都變得很懂禮貌呢！怎麼回事？」

朱雀不動聲色地說：

「我們只是看場合說話、行動而已。」

「心胸寬大、慈悲為懷的神啊，他們都是禮貌不周的粗人，請看在我守護妖的面子上，原諒他們。」

高淤微微一笑，深藍色的眼睛閃過厲光。

「好吧！就算給國津神一個人情。」

貴船祭神俯視伏地跪拜的昌浩，莊嚴地說：

「若需要藉助我的力量，隨時叫我。」

「咦……？」

「只要我聽得見，就會幫你。」

神說完就飄浮起來，人身瞬間變成龍身，閃爍著一般人看不見的亮光，向北方飛去了。

茫然目送神離去的昌浩，在看不到龍身後才喃喃地說：

「我都還沒念送神咒語呢，這樣好嗎？……」

好像不太好，可是神自己跑掉了，他也沒辦法。

儘管如此，形式上他還是念完了送神咒語，做做樣子，最後擊掌合十，這樣請神的儀式就結束了。

總算辦完了大事，昌浩累得快虛脫了。非比尋常的緊張與費神，比體力上的消耗更疲憊。居然可以這麼順利，沒有觸怒神明，簡直就是奇蹟，昌浩不由得打了個冷顫。

「朱雀，可以幫我燒了嗎？」

他把用來當附體物的楊桐枝與豎立在四個方位的幡帛旗，收集在一個地方，交給火將處理後，走向還茫然環視著周遭的颯峰。

「我們走吧！」

颯峰猛然抬起了頭。

振作起來的昌浩，表情跟剛才判若兩人，露出深思熟慮的眼神說：

「走吧！去異境的愛宕鄉。去那裡很花時間，要快點動身。」

然後，他把手伸向了颯峰。對於曾經踐踏自己一片誠意的魔怪，他沒有絲毫的芥蒂。

驅除異教法術後，還是補不回颯峰消耗的體力。它的狀況這麼糟，又搞不清楚飄舞

的目的。

陰陽師卻還是願意協助前來求救的它。

這就是人類嗎？那麼，愛宕天狗一直在閃躲、疏遠的人類，是什麼呢？每個天狗都不一樣，人類也不一樣。殘暴地對待天狗的異教法師是人類，而拚了命想救天狗的也是人類。

颯峰想起伯父說過的話，伯父說希望這件事可以成為一個轉折的機會。說不定伯父的願望真的會實現，說不定真的能開出一條路來。

為了魔怪，這男孩甚至請出了天津神，颯峰心想這次一定要相信他。

＊　＊　＊

在異境之地、愛宕之鄉、最後棟的總領住處，只有一個人能行動。

到處都是倒地不起的天狗們，全身浮現斑疹，急促地喘息著。沒多久，異教法術就會把天狗們的妖氣與生命連根拔除。

飄舞低頭看看自己的手，開心地笑了起來。

「天狗的力量好強……這些都是我的。」

嘴巴獰笑成新月形的飄舞往更裡面走去。

最裡面是總領天狗住的地方。

在獨具匠心的精緻紙拉門前，飄舞停下腳步，嚴厲地說：

「總領，差不多該改變心意了吧？」

裡面沒有回應。飄舞輕輕敲一下門，淡淡地接著說：

「你所愛的愛宕人民正在痛苦掙扎著，你好像都沒聽見呢！」

充滿嘲諷的話，還是得不到回應。

飄舞瞇起眼睛，帶著新月形的笑容轉身離開。

下任總領的房間裡躺著幾個氣若游絲的侍女們。房間角落，有一攤紅黑色的血漬。

飄舞挑動眉毛。

中刀倒地的天狗不知道什麼時候不見了。滴落的斑斑血跡往外延伸，到庭院就中斷了。

「還有力氣站起來啊，真能撐呢！」

冷冷吐出這句話的飄舞，忽然瞇起眼睛，轉頭往後瞥過倒地的女人們。

消失蹤影的颯峰八成是去求救了。知道愛宕鄉中了異教法術，它一定是想只有陰陽師能對抗異教法術。

那個陰陽師知道愛宕發生了這種事，也一定會趕來吧？他的式神也被囚禁在這裡。不只天狗，還關係到式神的存活，所以他一定會來。沒有受邀，就進不了異境之鄉。突破重圍硬闖，會逐漸失去生命，但他還是會不顧一切地闖進來。

「……」

飄舞冷冷地嗤笑著。

醒來的異教法師，應該是什麼都吃吧？不管是天狗、神將或陰陽師。

遇到企圖殺死自己的陰陽師，更會恨之入骨，把他狼吞虎嚥地吃下去。

要受邀，才能進入異境之鄉。沒有總領的邀請，就進不來。

「那麼，陰陽師，」炯炯發亮的青綠色眼睛閃過厲光，「就由我……邀你進來吧！」

再次受到異教法術侵襲的疾風蹲坐在岩屋裡。

它不停地用力呼吸，喃喃說著：

「那不是飄舞……那不是……」

疾風的護衛，不會那樣說話。

疾風的護衛，不會那樣笑。

疾風的護衛不會那樣。

「它的劍……」

聲音到這裡就中斷了。小小的頭垂下來，再也沒動靜了。

從它微微上下起伏的背部，可以知道它還勉強活著。

然而，恐怕也活不了多久了，異教法術很快就會逼死無力的雛鳥。

全身都不能動的勾陣默默看著這隻雛鳥。

黑曜石般的雙眸怒火中燒，閃爍著酷烈的光芒，還帶著更深的懊惱。

「哼……！」

就算擁有神將的神氣也躲不過異教法術。勾陣只能看著眼前的生命之火逐漸熄逝，什麼也不能做，讓她焦躁又憤怒。

白色尾巴輕輕滑過她的大腿。

她移動視線，看到小怪微微張開了嘴。

「勾……」

✦ ✦ ✦

5

◊ ◊ ◊

新月形的嘴巴嗤笑著。

它知道總有一天會知道那人是誰。

卻又希望那天絕對不要到來。

或許是心中隱約知道，那將是可怕惡夢的延續。

自己的體內有段空白的時間。

飄舞是最近才發現的。

在通往神仙住處的山谷前，飄舞忽然醒了過來。

不，「醒過來」的說法不對，它一直都醒著。

自己應該是待在總領房間，不知道什麼時候來到了山谷附近，為什麼會這樣呢？

飄舞心中發毛，甩了甩頭。

會不會是想著什麼事，就不知不覺地走到這裡來了？

它環視周遭。道路分成兩條，一條通往山谷，另一條的盡頭是墓地。說是說墓地，其實沒那麼正式，只是把屍體埋起來，上面擺顆石頭而已。屍體會回歸大地，孕育出別的生命，說不定哪天會再重生。

飄舞不知道母親葬在哪裡。前代總領和伊吹都沒告訴它，它也不想知道。在這個墓地，只有前代總領疾風的墳墓與它相關。

這時候腰間佩帶長劍的颯峰跑來了。

「飄舞，你去人界後跑到哪裡去了？混到現在才回來！」

颯峰的語氣帶著責備，飄舞在面具下張大了眼睛。颯峰似乎也看出它有點驚訝，疑惑地歪著頭說：

「你出去前，說會在教我劍術的時間前回來，你忘了嗎？」

飄舞揉揉太陽穴一帶。

是這樣嗎？它不記得了。

颯峰目不轉睛地盯著不說話的飄舞，忽然想通了似的，輕輕嘆口氣說：

「我可以理解你的心情……我也很難定下心來。」

飄舞默默轉向颯峰，看到年紀比它小的天狗合抱雙臂，嘴巴抿成了一條線。

「鄉民們都一樣吧？那是在大家引領期盼下姍姍來遲的孩子，但是想保住孩子，總領夫人就會有生命危險……」

總領夫人懷了繼承人的消息，是在將近一年前傳出來的。

然而，夫人體弱多病，好幾次陷入危險狀態。預產期快到了，隨著肚子愈來愈大，夫人的精神也愈來愈差。

颯峰的母親是夫人的貼身侍女。颯峰在很小的時候就失去了父親，與母親住在總領宅院一隅的房間。

颯峰的父親是伊吹的弟弟。在颯峰出生沒多久時，從傳說有外國神仙居住的遙遠地方來了一個異形，硬要闖入愛宕鄉。颯峰的父親大戰異形，雙方旗鼓相當，最後陣亡了。

才剛經歷第一次戰役沒多久的飄舞，當時也在戰場上，但受了重傷，中間的事都不記得了。

醒來時，異形已經被殲滅，颯峰的父親也死了。

看著失去一隻手臂被扛回來的弟弟的屍體，伊吹平靜地笑著撫摸它已經冰冷的臉。

——不要連手臂都跟哥哥一樣嘛，你這個笨蛋……

那是被異形的半月形爪子砍斷的，沒找到斷臂。

為了取代壯烈犧牲的父親、成為總領家的侍衛，颯峰勤練劍術。拜愛宕第一高手為師，也是這個緣故。

努力總算有了代價，颯峰的劍術突飛猛進，所有人都對它刮目相看。

颯峰一拳打在自己的手心上，響起啪唏的清脆聲。

「我好恨，好恨自己幫不上任何忙。唯一能做的，就是向猿田彥大神祈禱夫人平安無事。」

然後，颯峰像想起什麼事似的拍手說：

「對了，人界應該也有祭祀猿田彥大神的寺廟。還有，愛宕山裡不是也有祭祀驅除病魔的神明嗎？不知道可不可以在驅除病魔時，順便除去災禍。」

默默聽著它說話的飄舞不屑地說：

「幹嘛祭拜人界的神？誠心祭拜我們自己的神就行了。」

說完便轉移視線，眺望著山谷。

「總領不是一直在向神祈禱嗎？」

天狗們的聖域洋溢著神的力量，那是可以稱為「天狗之祖」的猿田彥大神的神通力量。

在人界，是由神職人員守護寺廟、祭祀神明。總領家所扮演的角色，就像人界的祭司，代代相傳。據說總領家的力量特別強大，是因為與猿田彥大神有很深的關係。與神關係匪淺的天狗會被稱為魔怪，可能是因為接收了污垢吧？神厭惡污垢，為了保持清淨，需要藏污納垢的容器。

天狗就是這樣的容器。污垢經過容器後，會成為無害的東西，回歸大地。小時候，前代總領教過它，氣就是這樣不停地循環。

「不只是我們，神也一樣期待愛宕總領家的繼承人誕生。正因為這樣，夫人才有了大家都幾乎快要絕望的孩子。」

生氣似的說完這些話後，飄舞轉身背向了颯峰。

「去人界閒晃有什麼意義？我要回去了。」

看著飄舞大步離去的背影，颯峰不服地嘟起了嘴巴。

「你自己還不是常常去人界，憑什麼說我。」

在面具下半瞇起眼睛的颯峰甩甩頭，讓自己冷靜下來。

飄舞常去人界，必然有它的道理。忘了是什麼時候，它曾經把差點誤闖異境的人類，冷漠地趕回了人界。

颯峰卻覺得，它把人類趕回去時的冷漠態度很像是裝出來的。

天狗與人類之間不能有任何瓜葛。不知道為什麼，它們從小就被教導不可以對人類

有感情。

可能是有什麼原因吧？人類的力量遠不如天狗，颯峰實在想不通為什麼要做得這麼徹底。

陷入沉思的颯峰，發現落後了飄舞一大段距離，慌忙跑向前。

「飄舞！你不是要教我練劍嗎？喂！你答應過我啊！」

飄舞聽著從後面追上來的叫喊聲，覺得有團冰冷的東西堵在心中。

時間有段空白，記憶也有段空白。

自己什麼時候去了人界又回來了？為什麼會去山谷？

颯峰說它出去前還約好了回來的時間，它卻什麼都不記得了。

飄舞按著額頭，全身一陣莫名的戰慄。

這是病嗎？

從懂事以來，自己就經常失去記憶。它想可能是經歷過不堪回首的事，所以有時心會飛到哪裡去吧。

但是，倘若事實不是這樣呢？

某個畫面忽然閃過腦海。

是新月形的嘴巴。

它想起一件事。

最近不太作那個夢了。

——你真是很好的隱身衣呢。所以，還不能讓你察覺……

◇　◇　◇

神將與天狗連夜奔馳，趕往愛宕鄉。

昌浩閉上眼睛，緊抓著朱雀。他被震得頭暈目眩，幾乎快要受不了了，只能咬緊牙關忍住。

要是颯峰沒事就可以載昌浩。可是驅除異教法術後，它的體力和妖力都還沒有恢復，自己都飛得很辛苦了，當然不能麻煩它。

道反守護妖嵬也緊跟在後，努力趕上他們。

昌浩原本要嵬留下來，但嵬頑強拒絕了。

它說：你居然想丟下為朋友擔心的我，太無情了！你難道忘了我替你說服神明的恩情嗎！

嵬謾罵叫囂，那樣子很可怕，把昌浩徹底打敗了。事實上，高龗神會願意提供協助，的確也要感謝嵬的三寸不爛之舌。

昌浩從朱雀肩頭環視周遭，瞇起了眼睛。這是他第二次前往愛宕。有打一下盹，但沒怎麼休息。

昌浩說要救愛宕天狗，但不能進入異境，究竟該使用什麼法術呢？

兩人是被總領請去的。除了天狗外，沒有總領的邀約，誰也不能留在愛宕。

去了異境的小怪與勾陣的臉龐浮現眼底。

昌浩只見過總領天狗颯嵐一次。颯嵐出來找疾風時，在桂川的一場激戰，被紅蓮打得遍體鱗傷。

他們協定好必要的事，就各自離開了。把總領抬回去的應該是它身邊的親信們。昌浩還記得，它們臨走前狠狠地瞪了他一眼。縱使隔著面具，還是可以感覺到它們刺人的目光。

在那個時候，它們很恨昌浩和神將們。

總領與昌浩他們之間應該是沒有芥蒂了。他會邀請神將們去，就是為了促進彼此間的情誼，沒想到會變成這樣。

想到這裡，昌浩的背脊掠過一陣寒意。

「颯峰……」

飛在朱雀旁邊的天狗把視線轉向昌浩。

「什麼事？」

「總領天狗現在怎麼樣了？」

「總領大人……」

颯峰正要回答，卻發現不知道該說什麼。它滿腦子只想著飄舞的行兇、疾風的安危以及身中異教法術的天狗們，完全忘了總領。

「總領大人……颶嵐大人……」

最後一次見面是什麼時候呢？颯峰在記憶中搜尋。

啊，對了，是小怪他們被親信們阻攔，颶嵐大人吩咐它去把伊吹和飄舞找來。颶嵐在不久前的戰役中受了重傷，親信們都很恨打傷颶嵐的紅蓮。

起碼可以確定總領大人當時沒事。颯峰確實見到了它，還有跟它直接對話。

那之後，伊吹去晉見了總領大人，出來後也沒說什麼，所以那時應該也還沒怎麼樣。

那麼，現在呢？

異教法術遍及全鄉，降臨在所有鄉民身上。那麼，總領天狗應該也中了異教法術吧？

終於整理出這個結論的颯峰，開始強烈地責備自己。

「我……我實在太粗心了……！」

只想到眼前的事，從來沒想過颸嵐的安危。

飄舞應該還不至於把魔手伸向那麼關心它的颸嵐大人吧？

颯峰希望不會。但是，總領不可能沒發現那樣的慘狀，那麼，既然發現了，為什麼沒有採取任何行動？

難道是處於什麼都不能做的狀態下？

誰能保證刺進它肚子裡的那把劍，不會刺向颸嵐呢？

「颸嵐大人……！」

颯峰驚慌失措，昌浩抓住它的手說：

「颯峰，事情未必是你想的那樣！」

「可是飄舞……」

對同胞、對它都做了那樣的事。

昌浩搖搖頭說：

「總領是愛宕天狗中最強的吧？它與紅蓮勢均力敵，雖然受了傷，還是沒那麼容易被……沒那麼容易被害！」

差點說出「被殺」的昌浩很快把話吞下去，重新補上一句。

然後又接著說：

「我不懂，如果飄舞要毀滅愛宕，為什麼不早點下手？它的目的是什麼？」

不管怎麼想，颯峰和昌浩都想不出原因。

昌浩拿出袖子裡的念珠交給颯峰。

「這串念珠有驅除詛咒的咒語，只要你戴著，異教法術就傷不了你。」

那是晴明以前做的黑瑪瑙念珠。小小的黑瑪瑙珠子等間隔地搭配著紅色珠子，還有唯一的一顆白色勾玉，全都是來自出雲的瑪瑙。

忘了是哪天，在打掃書庫、晒書和晒道具時，找到了這串念珠。因為散發著十分強烈的波動，所以印象深刻。他很好奇，隨口問了一下用途，沒想到會在這種時候派上用場。

祖父身邊的物品之中，有很多這類的東西。小心收藏不知道什麼時候用得著的道具，定期維護，就是為了這種時刻吧？

依照季節整理這些大量的附屬道具，都是小孩子的工作。昌浩常常邊做邊發牢騷，監督他的祖父就會笑著對他說有備無患。

現在昌浩深深體會到真的是這樣。

颯峰把念珠掛在脖子上。

這時候，朱雀已經進入靈峰愛宕山，從斜坡往上爬，就快到與異教法師交戰過的山間了。

進入異境之鄉的道路藏在稍微前方的山巔。要有天狗在，那條道路才會打開。

忽然察覺到異樣氣息，朱雀停下了腳步，颯峰也慢一步跟著降落地面。

昌浩也感覺到那股氣息，視線掃過四周。

就在被挖空的地方，空氣詭異地扭曲著，冒出讓人寒毛直豎的氣息，感覺很像異教法師，但更接近妖魔。

那不是逐漸消失中的垂死殘渣，而是更濃烈、更邪惡、更強勁的妖氣。

溫濕的風吹過，全身起了雞皮疙瘩，警鈴在腦內大響。

颯峰環視周遭，突然發出怒吼聲，往前衝了出去。

被朱雀放下來的昌浩跟在颯峰後面跑，看到前方有個天狗被扔在地上。他對自己施加了暗視術，所以可以清楚看到輪廓。

「天狗……」

那個外形很熟悉。

颯峰跪在那名女性身旁，臉色十分蒼白。

「母親！」

陷入恐慌的颯峰正要抱起母親時，忽然停止了動作。

追上來的昌浩與朱雀都發現了它的異常。天狗的視線，盯著趴倒在地上的母親背部。

衣服被拉到腰間、長髮披落的背部，有紅黑色的線條歪七扭八地畫在佈滿斑疹的肌膚上。

那是天狗的文字，昌浩看不懂。

颯峰僵硬地撥開母親的頭髮，深吸一口氣，瞪大了眼睛。

背部還微弱地上下起伏著，表示她還活著。露出袖子外的手全是斑疹，從刻著文字的背到頸部、頭部和臉頰都變了顏色。沒有戴面具的眼睛被頭髮遮住了，但沒人想去把頭髮撥開。

昌浩戰戰兢兢地詢問凝然不動的颯峰：

「上面……寫什麼？」

颯峰用缺乏抑揚頓挫的聲音說：

「奉告陰陽師……」

昌浩屏住呼吸，聽著天狗凍結般的聲音。

「儘管來吧，想讓人質活著，就自己一個人來，不准帶隨從……」

讀完後，颯峰握緊拳頭，全身顫抖。

難道是看到自己不見了蹤影，所以想出這種做法？把這麼痛苦的母親，無情地丟在人界的寒空下。

背上的文字不是用筆寫的，而是用類似粗針的東西直接刻在背上。紅黑色的線是血滲出來形成的文字。

昌浩察覺到這一點，不禁摀住嘴巴，想撇開視線。但中途改變了念頭，從懷裡抽出了幾張護符。

念完治癒傷口和止痛的神咒後，昌浩以眼神徵求颯峰的同意。會意過來的颯峰啞然無言，表情僵硬地點點頭。

昌浩把幾張護符放在她背上，施行法術。護符發出微弱的亮光，緊貼在肌膚上，沒多久，她的呼吸就緩和多了。

這個法術可以減緩傷口的疼痛，也可以抑制異教法術的咒力。

颯峰僵硬地拉上母親的衣服，緊緊抱住無力地閉著眼睛動也不動的母親。

「──……嗚！」

像抽搐般吸著氣的颯峰沒有哭出來。它極力壓抑著，不讓心中澎湃洶湧的激情爆發

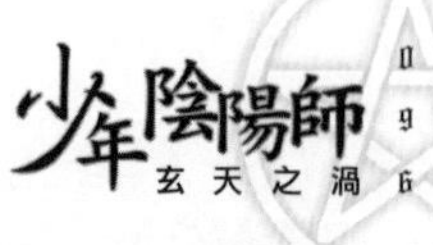

出來，只是緊緊抱著母親的身體。

過了一會，它緩緩抬起頭，平靜地說：

「我以愛宕天狗族之名發誓……」

眼神平靜、與剛才判若兩人的颯峰，注視著之前殲滅異教法師的地方，彷彿看到什麼人站在那裡。

「非討伐……逆賊不可！」

對方是自己的劍術老師。直到現在，它都還不曾打贏過對方。

訓練出這名高手的人，是在歷代愛宕總領中劍術數一數二的前代總領與它的左右手。

幾天前颯峰才說過，下次一定會贏飄舞。

「你又輸了一次。」冷冷拋下這句話的男人，不再是下任總領的翅膀，也不再是與颯峰成雙的另一隻翅膀。

事到如今，沒必要再問飄舞行兇的理由了。知道了又能如何？縱使知道，一切也不能恢復原狀了。

它是所有愛宕天狗族的仇人；它是颯峰非討伐不可的逆賊。

再次緊緊抱住母親後，颯峰輕輕放下了母親的身體。

「對不起，母親，我要去替大家報仇。」颯峰平靜地對不能開口的母親說：「原諒我必須暫時把您放在這裡。帶著您一起去，我怕會成為阻礙，使我報不了仇。」

然後，颯峰鎮定地站了起來。

昌浩只能呆呆看著颯峰那麼做。

朱雀轉頭看著昌浩，眼神堅決的昌浩也注視著唯一陪他來的神將。

「——」

看到昌浩的眼神，朱雀斷念似的嘆口氣，默默點了點頭，他知道自己阻止不了昌浩。

他蹲在躺在地上的天狗身旁，以動作催促他們兩人快走。

昌浩對猶豫不決的天狗說：「有朱雀在，不用擔心。」轉身又說：「走吧！去愛宕鄉。」

昌浩並非受總領之邀，還不知道自己可以撐到什麼程度。

在這裡，可以感受到變得更可怕的異教法師氣息。不知道怎麼活過來的異教法師，很可能得到了更強大的力量。吃下天狗的異教法師為了取得力量，已經吃下了種種妖魔鬼怪。那麼，接下來它想得到什麼？

在夢殿看到的光景浮現腦海。披著骷髏的異教法師緩緩起身，一步一步慢慢走向小怪和勾陣。

異境之鄉充斥著異教法術的咒力，那是連神將都被困住的強大法術。

這顯然是個陷阱。小怪、勾陣和朱雀都不在，昌浩身旁沒有可以依靠的神將，必須單槍匹馬挑戰這個陷阱。

昌浩露出無路可退的表情，直視著黑暗時，耳邊響起拍振翅膀的聲音。

一隻烏鴉啪唦啪唦飛下來。

「安倍昌浩，你是不是在想都沒人可以幫你？」停在昌浩肩膀上的烏鴉哼地挺起胸膛說：「你把我當成什麼了？我可是長期侍奉道反大神、守護公主的守護妖呢！」

昌浩與颯峰面面相覷，啞然失言。但是，昌浩想起一件事，搖搖頭說：

「不行，對方說不能帶隨從……」

嵬的怒吼聲瞬間響徹愛宕山間。

「誰是隨從啊——！」

震耳欲聾的叫罵聲在昌浩腦中濺開火花。

昌浩急忙向怒氣沖天的烏鴉道歉。

「是的，沒錯，你不是隨從，你是……」

是什麼呢？昌浩找不到貼切的說法，現在可以說是小怪的代理人吧？

當然，小怪不是隨從。

它是無可取代的搭檔，也是最重要的守護者。

昌浩可以理解祖父把神將們稱為朋友的心情。

「叫我隨從太沒禮貌了！叫我可靠的戰力！好了，別再說了！」烏鴉憤然舉起一隻翅膀，氣勢磅礴地指向前方，發出了號令：「沒時間了，我們走吧，小兔崽子！」

昌浩和颯峰慌忙往前跑。

算起來，嵬至少活超過了五十年。由這點來說，嵬的確有資格把昌浩和颯峰稱為小兔崽子。

目送他們遠去的朱雀，嚴肅地喃喃說著：

「千萬要平安回來。」

抓住膝蓋的手抓得很用力。他好恨自己，大家把昌浩託付給了他，他卻只能默默送走昌浩，什麼也不能做。

「拜託你了，嵬，請保護昌浩……」

現在請務必代替我們十二神將保護昌浩——

6

在罕見的暴風雨中，總領家的繼承人誕生了。

是大家期待已久，四肢健全的健康男孩。

全鄉欣喜若狂，只有總領沉浸在悲哀中，因為心愛的妻子用自己的生命換來了這個孩子。

從母親口中聽到這件事之後，颯峰說不出話來，一想到總領的心情就很難過。

儘管如此，下任總領的誕生還是可喜可賀的事。

緊接著，在下任總領誕生後的第一次會議上，飄舞和颯峰被選為護衛。

護衛通常只有一名，兩名是特例。因為大家認為有年紀相仿的隨從跟在身邊，或許可以撫慰雛鳥失去母親的心靈。

◇　◇　◇

被選出來的兩名護衛，是在會議開完兩天後開始伺候主人雛鳥。

出生沒多久的嬰兒很快就變成了雛鳥的模樣。小雛鳥的羽毛還沒長齊，在特別訂做的生日禮物小床裡，縮成了一團。

啊，這就是下任總領？飄舞看著鼾睡中的雛鳥，在面具下瞇起了眼睛。

不管自己體內流的血一半是來自哪裡，另一半確實是來自愛宕天狗。唯有讓總領家興盛起來，愛宕人民才能過著祥和安樂的生活。它由衷希望，自己能成為興盛總領家的基石之一。

連隔著面具都能感覺到伊吹喜形於色。它豪邁地詢問總領天狗颶嵐：

「那麼，颶嵐大人，已經替這孩子取了名字嗎？」

一直盯著雛鳥的飄舞和颯峰也端正坐姿，等待總領的回答。將由它們伺候的雛鳥的名字非常重要。

因為它們今後祈禱時，都會念到這個言靈。

颶嵐平靜地點點頭說：

「HAYACHI。」

颯峰在面具下的眼睛閃閃發亮。

「那是風神的名字吧？」

總領微微一笑，回覆語氣興奮的颯峰說：

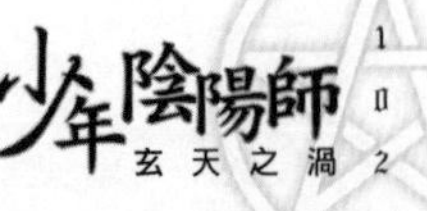

「沒錯，我替兒子取了在天空自由自在翱翔的神的名字。」
默默聽著它們對話的伊吹，無限感慨似的猛點著頭。
「好名字……沒比這更好的名字了。」
總領把桌上的白紙拿給大家看。
飄舞屏氣凝神地看著。
上面寫著前代總領的名字——疾風。
飄舞的眼睛在面具下顫抖著。那是在很久以前，把它當成自己的兒子般疼愛、撫養長大的前代總領疾風（HAYATE）的名字。颶嵐替兒子取了同樣的名字，只是讀音不同。
「它是我妻子以生命換來的下任總領，我希望它跟我父親一樣，成為歷代總領中數一數二的領袖。」
年紀最輕的颯峰感動得忍不住全身顫抖。這是它要終生侍奉的天狗，它比鄉中任何人都早知道了這個名字。
看著呼呼熟睡的雛鳥，颯峰輕聲呼喚著它。
「疾風大人、疾風大人，我是你的護衛哦。」
這麼一說出口，它便切身感受到即將背負的責任與壓力，年輕天狗不禁挺直背，做

了好幾次深呼吸。

總領和伊吹都笑呵呵地看著颯峰。

飄舞也默默注視著雛鳥。

擔任下任總領的護衛，責任十分重大。飄舞對委派自己如此重任的總領和親信們，懷抱著無法形容的感激。它的任務就是以性命保護雛鳥，讓雛鳥茁壯成長。

它心想自己能做到多少呢？是不是能達到大家的期待呢？

但是飄舞跟颯峰不一樣，不會把這樣的心情表現在臉上。看在旁人眼中，它就是面無表情地盯著雛鳥而已。

忽然，雛鳥的身體動了一下，眼皮微微抖動，張開了眼睛。

恍恍惚惚看著四周的雛鳥，發現好多視線對著自己，一臉茫然地望向了自己的兩名護衛。

雛鳥歪頭看著它們好一會，輕輕打了個呵欠，又閉上了眼睛。

不害怕也沒哭的雛鳥，開始發出呼呼鼾睡聲。

伊吹看得笑逐顏開。

「哦，小傢伙一點都不害怕呢！將來值得期待。」

聽到伊吹這麼說，颶嵐和颯峰都開心地笑了起來。

不能像它們那樣表現的飄舞彆扭地抿起了嘴巴。
但伊吹深信，飄舞的想法跟它們都一樣。

疾風出生快兩年時，飄舞發現自己經常失去記憶。
很久以前就偶爾會發生這種事，隨著時間流逝，愈來愈嚴重了。最近，又開始夢見小時候作的惡夢。

在黑暗中，有人露出新月形嘴巴嗤笑著。小時候感覺很遙遠的身影，慢慢靠近了。
這樣下去，會不會影響到護衛的工作呢？是不是應該在發生無可挽回的事之前，把這件事說出來，辭去工作呢？

曾經發誓要以生命守護下任總領的飄舞，為了顧及下任總領的安危，心想如果自己做不到，就該徹底卸下任務。

還有另一個護衛，那就是颯峰。它的劍術還不及飄舞，但在鄉兵中，可以說是超群絕倫。它生性直率，雖然不擅長謀略，但為人誠實、耿直，應該能帶給疾風好的影響。而且，小雛鳥對颯峰的倚賴，遠超過不親切又話少的自己。

飄舞這麼想，並且思考著什麼時候告訴總領比較好。
最近，疾風慢慢學會了飛行，也能以天狗的樣貌現身了。呈現天狗樣貌時的疾風就

像一、兩歲的孩子。只要翅膀長齊了，就可以漸漸學會飛行。雛鳥跟人類一樣，不到一年就能學會走路。

不過，還很難長時間飛行，風太強時會被吹走。這種時候，颯峰會抱著雛鳥飛行。飄舞沒辦法那麼做，只有颯峰才做得出來。所以飄舞認為，颯峰一個人也可以傑出地完成任務。

今天颯峰也帶著疾風去空中翱翔了。飄舞打算趁它們不在時去見總領，辭去護衛的工作。

不巧颶嵐一直排不出時間，飄舞心想只好改天再來了。

明明是想著這樣的事。

回過神時，卻發現自己站在通往山谷的岔路上。

「又來了……」

飄舞按著額頭，深深嘆口氣。仔細一看，手還被什麼弄髒了。

聞起來有土和其他東西的臭味，類似鐵鏽味。

在空白的時間中，自己到底做了什麼事？它完全想不起來，感覺是很可怕的事。

它在庭院的汲水處把手洗乾淨。愛宕鄉的地下有豐富的水脈，它好像在什麼時候聽說過，那些水與人界相連。據說，人界不時會湧出具有奇特力量的水，那些水很可能就是連接到異境底下。
就像人界的人有時會誤闖異境那樣，異境的水應該也會流到人界吧。全世界都是相連的。
從庭院走向疾風的房間時，聽到不知道什麼時候回來的雛鳥與颯峰，正在面向庭院的外廊交談。飄舞怕打攪兩人，不由得停下了腳步。
兩人都沒發現躲在樹叢後面的飄舞。它無意偷聽，但聲音還是傳進了耳裡。
「颯峰，你有多強呢？」
「回大人，我的劍術還算可以，但遠不及飄舞，還需要磨練。」
「飄舞有多強呢？」小雛鳥天真地問。
飄舞也不禁自問，但是自己沒辦法正確評斷自己，颯峰的評斷應該會比較準確。不小心聽得入神的飄舞，聽到颯峰這麼回答：
「在愛宕的士兵中，當然沒人能比得上飄舞，連我颯峰都沒贏過它。」
「那是因為……颯峰太弱了吧？」
好犀利的質問。
「唔……不，我想我應該沒那麼弱吧……太弱的話，就沒有資格當疾風大人的護衛了……」

聽完後覺得有道理的雛鳥，開朗地接著說：

「那麼，有飄舞在，疾風跟颯峰不就什麼都不用怕了嗎？」

「當然啦！沒有我也沒關係，只要有飄舞陪在疾風大人身旁，就沒什麼好怕的了。」

颯峰像是在說自己般，語氣驕傲且堅定。

飄舞垂下了頭，沒想到颯峰和疾風對它是這樣的想法。

它一直對自己的身世感到自卑。颯峰擁有愛宕天狗血統的雙親，而且是那個伊吹的侄子，要說不羨慕它是騙人的。飄舞勤練劍術，就是因為心底有這樣的陰影存在，希望靠自己的實力獲得鄉民們的認同。

飄舞悄悄轉身離開，沒讓兩人發現。它決定再去見颶嵐，說出自己的症狀，並且請颶嵐讓它繼續擔任護衛。

在途中遇見親信風代，就順便詢問了颶嵐的行程。

這時候，侍女大驚失色地跑過來。

「飄舞大人，你在這裡啊，請趕快回去疾風大人那兒。」

飄舞問發生了什麼事，侍女臉色蒼白地說：

「疾風大人好像不太對勁……」

新月形的嘴巴在黑暗中嗤笑著。
已經太遲了，災難即將捲起漩渦。
所有的一切都啟動了，在你出生之前，在你什麼都不知道時。
所有的一切都啟動了，在你不知情的狀態下，在你察覺之前。
所有的一切都啟動了。
是你自己啟動的。

◊　◊　◊

颯峰和昌浩在靈峰愛宕的茂密森林中奔馳，漆黑的烏鴉在他們兩人之間的半空中滑翔。
昌浩拚命追趕在前方帶路的天狗，發覺周圍的景色逐漸扭曲變形了。
沒多久，四周就籠罩在白霧中。
「這是……」
「不用擔心，這是總領大人的力量形成的。」

跟前幾天的霧不一樣，就像在異境圍繞著愛宕的一道霧牆。

颯峰表情呆滯地喃喃說著：

「太好了……颶嵐大人還……」

颶嵐大人還活著。只要霧還在，就表示總領還有力量。

昌浩也鬆了一口氣，但還有另一件事令他擔憂。他沒有總領的邀請，不知道能撐多久，而且現在異境還充斥著異教法術的咒力。

昌浩瞥了嵬一眼。說到沒有被邀請，這隻烏鴉也一樣，但它是守護妖，應該可以比人類撐得久。

昌浩把驅除詛咒的念珠給了颯峰，自己身上只有幾張護符，還有平常就戴在身上的道反勾玉和香包。

他也對自己施加了驅除詛咒的法術，但不知道效果到底怎麼樣。現在折磨著天狗們的異教法術威力非常強大，把居眾神之末的十二神將都吞噬了。

感覺身體愈來愈沉重了。體力顯然在減弱中，只是沒上次那麼劇烈，必須加快速度才行。

「總領大人……疾風大人……」

沉默許久的烏鴉對忍不住緊皺眉頭的颯峰說：

「不用擔心，疾風大人一定沒事。」

颯峰和昌浩驚訝地看著烏鴉。

「嵬大人？」

「快趕路啊！」

嵬不理睬他們的反應，只顧著催促他們。不知道它為什麼能這麼肯定地說疾風沒事，但現在的確沒有時間討論這件事。

努力從霧中走出來，又進入了茂密的森林，霧慢慢地散去了。

兩人終於到達了異境之鄉。

昌浩抬頭看著天空，不由得停下腳步。颯峰察覺到他的行動，轉向他說：

「昌浩，怎麼了？」

昌浩緩緩指向天空，表情僵硬地說：

「看得到咒力捲起的漩渦……」

猛然抬頭一看，颯峰也啞然失言。無限延伸的大漩渦籠罩著全鄉，黑影落在地面上。異教法術的咒力捲起漩渦，彷彿就要把所有東西都吞噬了。

「太驚人了……！」

連嵬都驚訝得說不出話來。

嗅不到一絲絲的天狗氣息，全都被異教法術覆蓋、掩沒了。

「我的同胞們……」

呼吸困難的昌浩對臉色蒼白的颯峰說：

「靠我一個人的力量，沒辦法處理這種狀況，必須藉助某個人的力量……」

而且從霧穿出來後，身體就愈來愈沉重。沒有總領的邀約，果然支撐不了多久。

停在昌浩肩上的嵬掃視周遭一圈，確定目前沒有敵人逼近。

昌浩決定先去找颶嵐。

「總領天狗在哪裡？」

颯峰指向總領的宅院。不久前，為了把疾風的異教法術轉移到替身上，昌浩才剛去過。

「颶嵐大人應該待在總領宅院的後棟。」颯峰又露出痛苦不堪的表情說：「有很多同胞在伺候總領，它們恐怕都已經……從我出生以來，愛宕鄉從來沒有這麼安靜過。」

包圍總領宅院的天狗城鎮與人界不一樣，是從總領宅院以扇狀向外延伸，總領宅院後面沒有任何住家。

房子的構造與人類沒有多大差異。不過，這並不意外，因為天狗的外形除了多出翅膀外，都跟人類差不多。住家的建築並不華麗，只淡淡地做了精緻細膩的雕刻，若不是

這種非常時候，昌浩恐怕會看得入神，讚嘆不已。

天狗們都有一雙巧手，才華洋溢。自認為笨手笨腳的昌浩，很羨慕它們可以做出那麼精細的工藝。

異教法術應該是在夜晚吞噬了全鄉，因為沒有天狗倒在路上。對兩人來說，這是目前最值得安慰的事。儘管已經作好心理準備，但真的看到有天狗因為異教法術瀕臨死亡，還是會很痛心。

豎起耳朵，就會聽到從某處傳來的喘息聲。微弱的聲音層層交疊，像是痛苦的呻吟。

昌浩覺得身體更沉重了，什麼都沒做，就開始喘氣了。不過，還是比上次強行闖入時好多了。嵬的動作好像也變得比較遲鈍。

「總領宅院不能從上空進入，正門應該打得開，只是……」

若從正門進去，飄舞很可能早就等在那裡，或是設下了其他陷阱。

颯峰以眼神徵詢昌浩的意見，昌浩毅然決然地說：

「現在想再多也沒用，從正門進去吧！」

不管怎麼樣，事情都要解決。東想西想的對情況毫無幫助。

颯峰和昌浩衝向總領宅院，烏鴉也默默破風前進。

一路上，昌浩都惦記著神將們。

「小怪和勾陣在哪裡……」

他們是應總領之邀來到這裡，卻一時成了俘虜。昌浩本以為在他解除異教法術時，他們就會被釋放。

他卻夢到他們，還聽朱雀說他們正瀕臨生死關頭，印證了他的夢。

飄舞的挑釁是昌浩來這裡的原因之一，但主要是為了帶回神將們。

昌浩邊走向總領宅院，邊在心中反覆告訴自己。

沒事，絕對沒事，小怪紅蓮非常強勁，勾陣也僅次於它。

不這樣告訴自己的話，他怕不安的漩渦會把他吞沒。

他會救疾風，會救愛宕人民，會殲滅異教法師，會阻止飄舞。

「所以，」昌浩咬緊牙關，微眯起眼睛，在心中說：「你們兩人一定要平安無事，到時候要怎麼責怪我、怎麼罵我都行。」

總領宅院的大門敞開著。

走進去一看，到處都是倒地不起的天狗，全身浮現斑疹，不停地喘著氣，連手指都動不了，散發著異常的熱氣。

難以忍受的高熱和壓迫感，逼得昌浩不得不調整呼吸。手腳都好沉重，幾乎喘不過氣來。

「安倍昌浩，你已經不行了嗎？」

嵬啪吵啪吵拍著翅膀，昌浩對它搖著頭說：

「不，我還行。」

「很好。」

他們眼觀四方，隨時準備應付突襲。

「往這邊。」

跟著颯峰不斷往裡面走的昌浩，當然很擔心小怪他們，但為了救愛宕，他認為應該先去找總領天狗。

他們經過幾道拉門、鋪著榻榻米的走廊，邊閃避躺在地上的天狗，邊心如刀割地往前走。

「前面就是總領大人的房間，我們有重大的事才會進去。」

一打開大型的紙拉門，就看到很多天狗女性躺在地上，是侍女們。

颯峰跟她們都很熟，難過得表情扭曲。

兩人和一隻烏鴉默默前進。一路走到這裡都沒受到攻擊。飄舞應該知道他們進了愛

宕鄉，為什麼放任他們自由行動呢？

屏氣凝神前進的昌浩跟著颯峰停下來。血色從颯峰臉上瞬間消失了。

「颯峰？」

「有血腥味……」

緊閉的紙拉門內，飄蕩著濃密的鐵鏽般腥味。

不會吧？颯峰的心臟狂跳起來。

一拉開門，沉重的空氣就流瀉而出。

「怎麼會這樣！」

嵬驚叫一聲，啞然無言。颯峰和昌浩也倒抽了一口氣。

無數的粗繩從橫梁、柱子和椽子垂下來，總領天狗被五花大綁地懸吊在半空中。

纏繞手臂的繩子嵌入皮膚，癱瘓下垂的指尖沾滿了凝固的黑紅色血漬。

被撐開雙手吊在半空中的颸嵐，無力地垂著頭。從翅膀脫落的羽毛散落房間，腳正下方的地板形成紅黑色的斑點圖案。

胸部與腹部插著三把劍，貫穿到背部，血沿著刀從刀把滴下來。地板就是被這些鮮血弄髒的。

難以想像的慘狀把颯峰和昌浩嚇得動彈不得。連烏鴉都飛下地板，仔細觀察四周。

這樣還活著嗎？

這是他們真正的疑問。很難相信在這種狀態下還能活著，只是他們都沒說出口。昌浩知道天狗有堅韌的生命力，但不禁覺得被折磨到這樣還死不了，反而很悲慘吧？

颶嵐癱瘓下垂的手指動了一下。

眼尖的颯峰看到，發出淒厲的叫聲。

「颶嵐大人！」

它衝過去，拔出劍砍斷捆綁颶嵐的繩子，扶住倒向自己的總領，腳因為承受不了重量而跪了下來。

「總領大人、總領大人！請振作起來……！」

總領天狗颶嵐也出現了異教法術的斑疹症狀。雖然顏色比其他天狗們淡，熱度也比較低，但可以確定也中了異教法術。

看到整個人靠在颯峰身上的總領的臉，昌浩驚訝得瞠目結舌。

面具脫落的總領颶嵐，右半邊的臉沾黏著凝固、變色的血，那是從扭曲歪斜的眼睛流出來的血。

眼皮凹陷，應該在那底下的眼球不見了。

昌浩全身顫抖，差點叫出聲來，但及時按住了嘴巴。

「撐住！」

被嵬一斥喝，昌浩立刻把幾乎脫口而出的話吞下去。

颶嵐緩緩抬起左邊眼皮。

徘徊的視線停在昌浩身上，眼皮微微顫抖的颶嵐抖動著嘴唇說：

「陰……陽……師……」

昌浩飛也似的衝到颶嵐身旁。颯峰看著總領的臉，那淒慘的模樣讓它難過得說不出話來。

颶嵐把手伸向了昌浩。

「對不起……把人類也捲進來了……」

昌浩從懷裡抽出護符貼在颶嵐背上，要颯峰把劍拔出來。

「總領大人，對不起！」

颯峰一舉拔出貫穿颶嵐身體的劍，颶嵐只呻吟一聲，表情扭曲，沒有發出慘叫聲。以護符止痛、止血後，昌浩相信天狗的生命力，正要替右眼施法時，總領輕搖著頭對他說：

「這隻眼睛……無法復元了……」

颶嵐臉上掛著淡淡的笑容，對颯峰說：

「不用擔心我……你快去……看看疾風……」

「可是，颼嵐大人！是誰對您……」

不用問也知道，但颯峰就是忍不住想問。

總領的眼皮顫動著。颯峰沮喪地垂下了頭。

「果然是……飄舞？」

在嗆鼻的血腥味中，總領搖了搖頭。

「不……」

颯峰和昌浩都張大眼睛看著颼嵐。

「那麼是誰?!」

颼嵐想回答驚訝的颯峰，聲音卻卡在喉嚨裡，怎麼樣都出不來。

右眼的傷口想必也很痛，颼嵐是靠堅強的意志力支撐著自己。

昌浩替傷口換上新的護符，把帶來的護符都用光了。

「謝謝你……」

向昌浩道謝，又重複幾次急促的呼吸後，颼嵐終於可以說話了。

「刺傷我……把我綁起來的人是飄舞……但那不是飄舞……」

7

看到動彈不得的疾風，飄舞目瞪口呆。因為自卑感作祟，它從小就努力吸收知識，其中也包括人界修行者使用的法術。

雛鳥的翅膀出現了斑疹，還發高燒，最明顯的是纏繞全身的咒力。

「疾風大人、疾風大人，你怎麼了？疾風大人！」

颯峰親眼看著雛鳥突然倒下來，昏迷不醒，驚慌得只能拚命呼叫。

「颯峰……」

颯峰轉過頭，儘管戴著面具，還是可以知道它臉色發白。

「飄舞，疾風突然……我不知道發生了什麼事……」

颯峰在疾風身旁蹲下來，試著觸摸疾風的翅膀。這是它第一次見到這樣的法術，但應該沒猜錯。

「這是異教法術！」

「異教法術？那是什麼……」

颯峰疑惑地重複這個詞。飄舞壓抑感情回答：

「以前天狗曾經把法術傳授給修行者，後來法術在人界逐漸變形、發展。使用這種法術的人，若墜落邪魔外道，施行的咒法就是異教法術。」

人類。

聽到這個名詞，聚集的侍女們都發出了尖叫聲。

「怎麼可能！疾風大人沒有離開過愛宕鄉啊！怎麼會這樣？」

「搞錯了吧？」

「難道是有人類闖入愛宕，我們都不知道？」

總領宅院一陣騷動。侍女們把疾風抱到地板上，做她們能做的事。男人們為了安全，徹底搜查有沒有人類入侵。

結果沒發現有人入侵的痕跡，疾風也一直沒醒來。

接到通報的總領颶嵐飛奔而來，像在撫摸易碎物般，一次又一次地輕輕撫摸發著高燒不斷呻吟的雛鳥，說不出話來。

在房間外面看著這一切的颯峰很自責，心想可能是自己把疾風帶出去才會發生這種事。一再苛責自己後，它發誓要抓到施放異教法術的異教法師，用來血祭。

被異教法術侵犯的疾風，一天比一天衰弱。為了減緩法術的惡化，颸嵐把疾風移送到位於山谷深處的聖域。

那裡彌漫著猿田彥大神的力量，與魔怪之鄉成對比，是個清靜的地方。

只有總領一族可以踏入聖域，但還是有兩名護衛之一隨時跟在疾風身旁。

平常都是颯峰跟在疾風身旁，飄舞保持一段距離待命。現在颯峰傾全力要找出仇人，解除異教法術，所以大多是飄舞陪在疾風身旁。

聖域充滿神的力量，疾風因此醒來過幾次。但是壞死的部分逐漸擴散，疾風痛苦得不斷呻吟。

颸嵐來看過它很多次，都沒辦法憑自己的力量解除異教法術。

因為威脅疾風生命的異教法術，會與天狗的力量相抵銷。

到聖域附近詢問狀況的獨臂天狗伊吹只能用手掩著臉，悲痛地吶喊。

「為什麼對那麼小的孩子下這種毒手……！操縱異教法術的傢伙未免太……！」

這時，飄舞彷彿看到熾烈的怒火波動從伊吹背部冒出來。飄舞從來沒看過它這麼激動。

「……」

伊吹注意到啞然失言的飄舞的視線，抬起了頭。即使戴著面具，也感覺得到它臉上懾人的氣勢。

老天狗做了個深呼吸，甩甩頭說：

「對不起，我不該這麼心慌意亂。」

飄舞默默地搖搖頭。

它總覺得伊吹這麼憤怒，不只是因為疾風中了異教法術。看樣子，伊吹似乎認識其他的異教法師。

以前，異境之鄉發生過一場悲劇。從此以後，天狗開始忌諱人類。據說悲劇是發生在颸嵐出生前，而伊吹活得比總領長，所以伊吹說不定親身經歷過那場悲劇。

颯峰依然在鄉中到處飛翔，有時還會越過山谷，在連接外國的地方徘徊半天以上。然而，別說是法師了，連蛛絲馬跡都找不到。

時間一分一秒流逝，疾風愈來愈衰弱，最後連在聖域都醒不來了。

唯一值得慶幸的是，可以靠神的力量緩和劇痛。

大部分的時間，雛鳥都睡得昏昏沉沉，偶爾說幾句夢話。

幼小的雛鳥一次又一次說著對不起。

每次聽到雛鳥說對不起，飄舞就心如刀割。至今以來，它查過那麼多資料、學過那麼多知識，在這種緊要關頭卻完全派不上用場，連一點線索都沒有。

飄舞跪在雛鳥附近，緊握的拳頭都發白了。

它多麼希望至少可以轉移到自己身上。天狗沒有替身之類的法術，飄舞聽說過，人類的術士中有人會使用這樣的法術。

不過，人界有很多流派，還分成很多派系。什麼人會使用它們現在需要的法術，要仔細調查才知道。

但是想到這裡，飄舞就放棄了。

愛宕天狗忌諱人類，知道詳細原因的飄舞，沒辦法建議同胞們委屈自己向人類求援。

即使那是唯一救疾風的方法，也不能藉助於人類的力量。

「──沒錯，向人類求援，還不如就讓它那樣死去……」

飄舞赫然張大了眼睛。

「什麼……？」

剛才自己說了什麼？是不是說了心口不一的話？

「救疾風大人當然是最重要的事啊……！」

自己怎麼會出言不遜，說出不顧下任總領生死那種話呢？

忽然，它看見了嗤笑的新月形嘴巴。

——不可以有任何方法。

飄舞的心忐忑不安。

——拿疾風的生命做交換，不怕總領天狗不屈服。

從很久以前就在夢裡出現的可怕身影嗤笑著。現在也嗤笑著。鄙視地嘲笑著自己，不停地、不停地笑著。

「這難道……就是異教法師?!」

對疾風施加異教法術的異教法師，也對自己動了什麼手腳嗎？

胸口撲通撲通猛跳著。

新月形的嘴巴嗤笑著——

高燒不退的小雛鳥，竟然在自己手上。

發現時，飄舞屏住了呼吸。

慌忙環視周遭，不知道自己什麼時候離開了聖域，正在通往墓地的路上。

飄舞大驚失色。

「為什麼……！」

時間又空白了。心好像有塊缺陷，自己到底得了什麼病？怎麼會把瀕臨死亡的疾風

從聖域帶出來呢？

「不行，我不能再……！」

不能再擔任護衛了。這樣下去，不但不能保護疾風，還會危害它的生命。要快點趕回聖域。

正要轉身回去時，察覺到詭異的妖氣，飄舞倒抽了一口氣。

翅膀變形、樣貌怪異的天狗站在那裡，纏繞著彷彿從黑暗滲出來的氣息。那不是愛宕之民，飄舞沒有見過那樣的天狗。

它往後退一步，把疾風移到左手上，以慣用的右手拔劍。

把劍尖朝向天狗的飄舞邊往後退，邊找機會逃回聖域。不管對方是什麼來歷，只要進入有神庇佑的聖域，就能確保疾風的安全。然後，自己再抓住這個來歷不明的天狗，逼它招供。

飄舞這麼盤算時，天狗忽然對它露出陰森的嗤笑。

「你在幹什麼？那是總領的兒子吧？快交給我。」

在面具下揚起眉毛的飄舞說：

「誰會交給你這個來歷不明的傢伙……」

天狗猙獰地嗤笑著。

「你當然知道我是誰，是我創造了你，我是你的父親。」

飄舞停止了呼吸。

左手上的疾風痛苦地喘著氣，再不回聖域，會縮短它的生命。

飄舞卻沒辦法行動。

眼前的怪異天狗嗤笑著，笑容與夢中見到的新月形嘴巴重疊了。

心跳怦然加速，種種景象如濁流般快速閃過腦海。

把出生就沒有雙親的事、被前代總領撫養長大的事、後來住在總領家的事、年長男人們在酒宴上喝醉時說的片片段段，統統綜合起來，不用誰告訴它，它的身世就不言自明了。

父親是誰？是什麼來歷？飄舞不想知道，從來沒想過要知道。它有養育它的前代總領、有劍術老師伊吹、有要服侍的總領、有要保護的雛鳥、有背負同樣責任的同胞，這樣就夠了。

有這些人，它就能活下去了。

它不需要自己的身世、不需要另外一半來歷不明的血緣，真的不需要。

現在，災禍的根源就在這裡。因為孕育了不該有的生命，天狗的女孩死了。而製造那個災禍的根源，就在這裡。

在過度的打擊後，心中湧現強烈的憤怒、仇恨與殺機。

就是這傢伙毀了一切！這樣的想法捲起劇烈的憤怒漩渦。

天狗從飄舞的神情看透了它的內心，瘋狂地哈哈大笑起來。

「喂，飄舞。」

「不要叫我，下流！」

飄舞嚴厲斥責，天狗舉起枯瘦的手指著雛鳥說：

「你以為是誰施放了異教法術？」

「當然是你這個邪魔外道！」

天狗嗤笑著，炯炯發亮的青綠色眼睛更加醒目了。

就在飄舞打算砍殺天狗而緊緊握住劍柄時，天狗突然大笑起來。飄舞嚇一大跳，攻擊的步調全被打亂了。

疑惑與不祥的感覺縱橫交錯，它不知道天狗要說什麼。

總覺得不該聽。本能發出了警告，叫它不要聽，聽了會——

「是你，飄舞。」

心跳加速。它想嚴正斥責對方胡說，聲音卻卡在喉嚨出不來。

啊，新月形的嘴巴嗤笑著。在眼前、在黑暗中，總是嘲笑著自己。

「我來告訴你吧！你活到現在都不知道，想必很幸福吧？飄舞。前代總領不但替你取了飄舞這麼偉大的名字，還把你撫養長大呢！」

心臟撲通撲通跳著，喉嚨凝結，眼睛連眨都沒辦法眨。

「前代總領死後，你又被接到了總領宅院。你覺得前代總領礙眼，就趁它睡著時殺了它吧？啊，對了，聽說你還吃了天狗的手臂，故佈疑陣，把罪行推給了外國妖魔。天狗的肉很補呢！吃下強壯天狗的肉，就能得到力量。」

飄舞覺得胸口結成冰塊，冰冷的感覺傳遍全身。

這個天狗在說什麼？在嘟嘟囔囔什麼？它說的全是牢騷，全是為了動搖我意志、攪亂我思緒的謊言。

新月形的嘴巴嗤笑著。

——呵，那個天狗對你很重要嗎？呵，這樣啊，原來如此……

前代總領表情十分安詳，身體逐漸冰冷。

是誰做了什麼？

飄舞覺得頭暈目眩，腦中浮現無法挽回的冰冷身軀，耳邊雜音不斷。

「你自己來見我，幫了我大忙，因為我無法確認我的安排有沒有成功。」

青綠色眼珠的天狗不悅地說，那之後，愛宕的人民就不太來人界了。

光那一次，說不定不會成功，它一直在等天狗的女人出來。

但那件事發生後，愛宕鄉就禁止女人單獨去人界了。不管是多小的事，都要有男人隨行保護，並且快去快回。

青綠色眼珠的天狗嗤笑著說：

「怎麼樣？總領有可能解除聖域的封印嗎？」

飄舞喃喃地重複興奮的男人的話。

「封……印？」

天狗眯起眼睛說：「是啊，修行的人都知道，有超越天狗力量的東西藏在愛宕鄉。」

據說那是天狗妖力的來源，是神交給它們保管的。從很久以前，這件事就在修行者之間流傳，沒有人知道真相。

只要得到那東西，魔怪就不用說了，連神都可以超越。

「有守備的地方只有聖域。除了總領，其他天狗都禁止進入。那裡充滿了神的力量，一定是那裡，那股強大的力量就藏在那裡，所以……」

天狗把枯瘦的手指向疾風，齜牙咧嘴地說：

「你把總領的力量也無法解除的異教法術施加在這小子身上，不就是為了逼總領解除封印嗎？可是，從妖氣就可以判斷兇手是你，所以你讓我施加異教法術，還偷偷闖出

一條路，讓異教法術可以傳達到異境的雛鳥身上。」

心臟撲通撲通狂跳，引發劇烈的頭痛和耳鳴。有聲音在腦中響起。

——是我、是我啊！

新月形的嘴巴在黑暗中嗤笑著。那片黑暗，難道是在自己心中？

臉色蒼白的飄舞跪了下來，疾風從它手中滾落。小小的雛鳥叭噠掉下來，慘叫了幾聲。

飄舞沒辦法把疾風抱起來。

面具下的白色眼眸逐漸變了顏色，變成妖光閃閃的青綠色眼眸。

天狗走向低著頭的飄舞，正要伸手撈起雛鳥時，手被飄舞抓住了。

眼眸在面具下閃爍著炯炯的青綠光。

飄舞嗤笑著說：「沒錯，是我。」

在突如其來的黑暗中，飄舞聽見可怕的聲音。那個重重繚繞迴響的聲音，是它從懂事前就聽過無數次的聲音。

「我在你體內全看見了。」

飄舞用右手粗暴地抓起雛鳥站起來。

「光靠它兒子的生命，沒辦法逼它解除聖域的封印。」

天狗忿忿地咂舌說：

「啐，枉費我使出渾身力量施放了異教法術！既然這樣，就直接對總領施放異教法術啊！以你的能力，對天狗施法應該不是難事吧？」

讓雛鳥慢慢衰弱、延長痛苦時間，藉此動搖總領意志的異教法術是天狗施放的；而開闢道路讓法術進入愛宕的，是躲在飄舞體內的邪魔。

那是邪魔埋下的另一個意志，巧妙地隱藏在飄舞體內，悄悄觀察著所有事，必要時就竊取飄舞的身體，做盡種種壞事。

天狗竊笑著。

「天狗的肉真好吃……女人和雛鳥吃起來都很嫩，可惜沒什麼力量。伊吹的手臂不太好吃，力量卻很驚人。」

似乎是想起了當年的事，天狗顯得很陶醉。

這個男人就是墜落邪魔外道變成天狗的修行者，以前在愛宕進行過大屠殺。

「我吃過種種東西，包括野獸、猛禽和妖怪，但效果都不如天狗。」

說到這裡，邪魔外道的修行者盯著自己製造出來的天狗。

「你的力量壯大了許多呢！飄舞。太好了，我就是想得到力量強勁的天狗才創造了你……」

然後，總有一天，我會把你也吃下去。把被稱為「愛宕第一高手」的強壯天狗吃下肚，能得到多大的力量呢？

「我要變得更強，比天狗更強，我要把封印在聖域的力量也全吃了。」

邪魔外道的修行者猙獰地嗤笑著，炯炯發亮的青綠色眼眸帶著癲狂。

「我要先吃了這隻雛鳥。總領天狗的血緣吃起來不知道怎麼樣呢！」

嘴巴笑成新月形聽著修行者說話的飄舞，突然瞪大了眼睛。

「……唔！」

它搖搖晃晃地跪下來，把疾風掉在地上，按壓著太陽穴的手扯下了面具。

眼眸恢復白色的飄舞扭擺身體，痛苦地呻吟著。

「……休……」

「喂、喂，你怎麼了？飄舞。」

飄舞甩開男人伸過來的手，低聲咆哮。

「你……休想……！」

全力把邪魔外道壓下去的飄舞用右手抱起疾風，慢慢地站起來。

「我不會……把疾風……交給你！」

要趕快回到聖域，這個修行者絕對進不了聖域。

它拚命轉身，張開天狗的大翅膀。

「等等，飄舞！」

它一把推開衝過來的修行者，用右手把疾風抱在胸前。

疾風的身體很熱，呼吸困難，動也不動，連醒來的力氣都沒有了。

飄舞覺得心都被撕碎了。

怎麼會這樣？帶給疾風這種痛苦的人，居然是自己。不，或許不能說是自己。它敢向天發誓，自己的心絕對不想那麼做。犯人是邪魔外道的私生子，是棲宿在自己體內的另一個魔怪。

可是……

「唔！」

飄舞的眼眸絕望地凍結了。

——這樣你就不怕了吧？

「前代總領……疾風大人……」

是誰趁前代總領熟睡時殺了它？

儘管那絕不是飄舞的意志，然而，這雙手還是殺了慈祥的前代總領疾風。就是這雙手斬斷了暖暖的溫情。

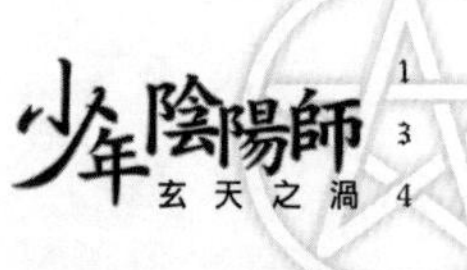

「啊……啊啊啊啊啊啊！」

飄舞半狂亂地吶喊。

不只前代總領。對，還有同樣身為護衛的颯峰的父親，也就是天狗伊吹的弟弟。

它還記得，那之後它的劍術有飛躍性的進步，妖力也更強了。

淚水與苦澀的情緒湧上來，它用左手摀住了嘴巴。

修行者說它故佈疑陣，吃下天狗的手臂，偽裝成國外妖魔的罪行。

它想起失去手臂的颯峰的父親，想起平靜地說「不要連這種事都學我啊」的伊吹。

甚至還對必須守護的下任總領施放了異教法術——

摀住嘴巴的手突然違背意志，自己動了起來。

左眼變成了青綠色，炯炯發亮的眼睛嗤笑著。

不慌不忙握住腰間佩劍的左手，倏地拔出劍來，往自己的肚子深深地戳下去。

它不知道發生了什麼事，只覺得一陣灼熱，然後轉為劇痛，好像有什麼暖暖濕濕的東西從衣服滲出來往下流。

「你真囉唆。」

飄舞聽到鄙視的吼叫。那是自己的聲音，也是另一個人的聲音。

癱倒下來的飄舞不停地咳嗽，喀喀咳出了血沫。但是在倒下來之前，它護住了疾風。

雛鳥在它右手裡虛弱地閉著眼睛。飄舞看著雛鳥，淚水從右眼滴落下來。

那天，自己不是在心中發過誓，要保護名字跟前代總領一樣的小雛鳥嗎？

那天，雛鳥和同胞天真地聊起了前代總領和伊吹傳授給自己的劍術。

——那麼，有飄舞在，疾風跟颯峰不就什麼都不用怕了嗎？

——當然啦！沒有我也沒關係，只要有飄舞陪在疾風大人身旁……

然而現在的自己卻這麼無力，為什麼？

「疾風……大人……」

颯峰。

嘴巴冒出雙翼之一的同胞名字。

「我已經不需要隱身衣了。」

從自己口中吐出來的譏諷話語扎刺著自己的耳朵。淪為邪魔的修行者也走向了它。

在逐漸模糊的意識中，飄舞咬緊了沾滿血的嘴唇。

這樣保護不了疾風，非逃走不可，可是，要怎麼逃？逃去哪裡？

「你就死在這裡吧，這個身體我要了。」

邪魔外道的飄舞在黑暗中嗤笑著，露出新月形的嘴巴。從很久以前，它就在等待這個取代的瞬間。

非逃走不可。逃開修行者，逃開自己，逃開愛宕。

「快……快逃走……！」

飄舞使出僅剩的所有力氣，做出包住疾風的火球。轉眼間便包住雛鳥的火球，呼嘯著飛向了遠處。

「你……！」

滿腔怒火的修行者張開翅膀，追逐像流星般飛過天際的火球。

看著修行者遠去，飄舞屏住了呼吸。

察覺狀況不對的邪魔外道，在黑暗中顯得有點慌亂。

飄舞揚起一邊嘴角，想到了好辦法。

自己在這裡斷氣的話，體內的邪魔外道也會死去。威脅愛宕鄉、危害疾風生命的人，一個都不能留！

飄舞瞇起了眼睛，把右手放在握住劍柄的左手上，不讓左手掙脫。

「以後……」

以後就拜託你了，颯峰——

要殺死覬覦下任總領生命的壞人，絕不能迷惘、絕不能猶豫。

它把劍一舉往心臟方向劃過去，再拔出來。

少了有塞子效果的劍，鮮血就隨著脈動從傷口大量湧了出來。

——你竟敢……

墜入無底深淵前，響徹黑暗的怨嘆，是飄舞最後的安慰。

全身冰冷。

意識逐漸清晰，它撐開了像鉛般重的眼皮。

「飄舞！」

颯峰看著飄舞，發出半哭泣的叫聲。

獨臂天狗伊吹也坐在颯峰旁邊，神情凝重。

視線掃過它們的飄舞沒有戴面具。

「振作點，這裡是總領宅院。」颯峰告訴思緒有點混亂的飄舞，然後緊張地問：

「發生什麼事了？疾風大人在哪裡？」

飄舞眨眨眼睛，用幾乎聽不見的嘶啞聲音斷斷續續地說：

「被……異教法師……帶走了……」

「什麼！」

大驚失色的伊吹欠身向前。

「你說異教法師?!真的嗎？」
徘徊在生死邊緣的天狗虛弱地點頭。
「它……逃到……人界了……」
伊吹點個頭，視線瞥過所有在現場的天狗。
「聽見了嗎？快去追逃到人界的異教法師，一定要把疾風大人救回來！」
「是！」
接到號令的天狗們全都站起來，瞬間變成星星飛走了。
颯峰正要隨後跟上時，被飄舞叫住。
「颯……峰……」
轉回來的颯峰又在飄舞床邊坐下來。
「怎麼了，飄舞？還有什麼事……」
「對不起……」
颯峰在面具下張大了眼睛，哽咽地說不出話來。
「沒、沒關係，飄舞，離開疾風身旁的我才該道歉……」
在這種緊要關頭，是自己離開了疾風身旁。飄舞身受重傷，還獨自一人拚命抵抗到最後。如果自己在的話，飄舞就不會應付不來，疾風就不會被擄走，也不會被異教法師逃走。

「疾風大人……拜託你了……」

颯峰用力點頭，面具下的眼睛都濕了。

差點喪命的飄舞已經全力保護疾風直到最後，所以，把疾風從異教法術救出來是自己的責任，就算不惜犧牲生命也要做到。

「等我回來，我一定會找到異教法師，救出疾風大人！」

颯峰毅然決然地說完後就去了人界。

房間裡只剩下重傷的飄舞和伊吹。

「總領大人過一會兒後應該會來，你可以說明狀況嗎？」

飄舞點點頭說：

「愈快……愈好……」

老天狗驚訝地倒抽一口氣，似乎是意會到什麼，點點頭，猛地站起來。

「你等等。」

急著去通報總領颶嵐的伊吹，腳步聲逐漸遠去。

看到伊吹離開後，飄舞緩緩揚起了嘴角。

白色眼眸變成炯炯發亮的青綠色。

「我……贏了……」

失。

抱定決心自殺的飄舞，在那一刻心就死亡了。

就在一切墜入黑暗前，它與飄舞互換了。這是賭注，如果身體撐不住，連它都會消失。

這個身體以前的主人飄舞消失了。從現在起，這個身體只屬於自己；只屬於一直躲在暗處等待時機的自己。

「我會把異教法師……天狗……聖域的力量……全都吃了……」

以嘶啞的聲音喃喃自語的飄舞，露出新月形的嘴巴嗤笑著。

◇　◇　◇

8

在昏昏沉沉的夢中，它聽見了溫柔的聲音。

——疾風大人，快逃……

直到現在，它都還清楚記得那個聲音。

不。

那不是飄舞。

疾風的護衛，不會那樣說話。

疾風的護衛，不會那樣嗤笑。

疾風的護衛不會用左手拿劍。

飄舞慣用的是右手。

也是用右手拿劍。

它在天空飛翔，被風吹走時，及時伸出來救它的手也是右手。

為了殲滅敵人保護它，而把它擁入懷裡的手也是右手。

一切一切都是右手。

可以一手握住它的那隻大手，非常溫暖。

儘管木訥無言，儘管老擺著臭臉。

但大家都感受得到那股溫暖，所以大家都喜歡飄舞。

✖ ✖ ✖

在總領宅院最裡面的颶嵐房間裡，充斥著嗆鼻的血腥味。

颶嵐在房裡重複著同一句話。

「那……不是飄舞……」

昌浩與颯峰的大腦一片混亂，面面相覷，聽不懂是什麼意思。

嵬疑惑地歪著頭說：

「總領大人，請說清楚一點。不過，在說之前，請先邀請我們。再這樣下去，異境的氣會奪走我們的一切。」

總領立刻邀請他們入鄉。

昌浩頓時覺得身上的沉重壓力消失了。

寬張開翅膀，挺直背，吃力地甩了甩身體。

「嗯，感謝。」

「颶嵐大人，您說飄舞不是飄舞，到底是怎麼回事？」

焦躁的颯峰急切地問。颶嵐在昌浩和颯峰的攙扶下，靠著牆坐起來。

總領天狗深深嘆口氣，瞥了一眼自己破破爛爛的翅膀。看樣子，很長一段時間不能飛了。

「傍晚時，我不是叫你去把伊吹跟飄舞找來嗎？」

颯峰一臉茫然。發生了太多事，它花了些時間才想起來。

總領說得沒錯。它聽颶嵐的話，把伊吹和飄舞叫來了。先離開的是伊吹。

「就在那時候，它露出了真面目。」

颯峰繃起了臉。「真面目」是什麼意思？

颶嵐疲憊地喘口氣，表情痛苦扭曲，呻吟了幾聲。

昌浩的眼睛泛起憂慮的神色。總領天狗的傷勢相當嚴重，再不好好治療，即使是天狗也會有生命危險。

總領天狗颶嵐從昌浩臉上看出他在想什麼，淡淡一笑，輕搖著頭，好像在說時間不多了，管不了那麼多了。

「總領大人，到底是怎麼回事？是飄舞對愛宕人民、對疾風大人施行了異教法術，是飄舞害了我母親跟所有人啊！」

某種感覺湧上心頭，哽在喉嚨裡。颯峰拚命壓抑，以免感情用事。

看著這樣的颯峰，颶嵐忍著痛，閉上眼睛說：

「前代總領過世前，跟我說過一件事……」

領養飄舞、把它當成親生孩子般撫養長大的前代總領疾風，提這件事時，臉色十分沉重。

飄舞告訴前代總領，它每晚都作惡夢。前代總領疾風看它那麼害怕，就趁半夜去看它，發現它真的不停地呻吟、說夢話。

那時候，前代總領疾風看到飄舞體內有個危險的身影。

——可能跟飄舞的出生有關，我想找機會幫它驅除。

拿著酒杯的前代總領嘆口氣對我說，有什麼事時，要保護飄舞。

前代總領擔心，父不詳的身世很可能在飄舞心中烙下陰影，這是它把飄舞留在身邊的原因之一。它希望可以防止這種事發生，讓飄舞成為愛宕之民，幸福地活下去。

那之後沒多久，前代總領就死了，全鄉都沉浸在哀傷中。大家禁不起年幼的飄舞再三懇求，答應讓它獨自清理前代總領的身體。它成熟懂事的模樣，讓人心痛。

繼承父親遺志的颶嵐，把失去依靠的飄舞帶進了總領宅院。颶嵐沒辦法像前代總領那麼細心照顧飄舞，但覺得把它擺在身邊總是比較安心。

從那時候開始，盤據在飄舞體內的身影，就屏息凝氣地伺機而動了。

颶嵐交代天狗們要鄭重招待客人，但是愛宕鄉的天狗們，尤其是親信們，怎麼可能輕易饒恕把總領傷成那樣的神將。

特地邀請神將來的颶嵐身體臨時出狀況，不能接待客人。

它想稍微休息之後就會康復，所以把伊吹和飄舞找來，要兩人轉告神將，會派人去通報陰陽師，麻煩神將再多留幾天，還拜託伊吹儘可能地安撫親信們。身為前代總領的左右手而以勇猛果敢聞名的伊吹，儘管隱居了，對天狗們還是有很大的影響力。在年輕天狗眼中，它的存在幾乎成了傳說。

伊吹退下後，飄舞就切入了主題。

它說有話要說。颶嵐想起不久前一直空不出時間聽它講，一延再延，當下決定讓它把話說完。

飄舞說它的時間有缺陷，它的時間出現了空白，它不知道那段空白時間自己做了什麼。

它說從很久以前就這樣了。從很久以前，在它懂事之前。

颸嵐沒注意到，正襟危坐的飄舞有意無意地把手伸向放在旁邊的劍。會派飄舞當下任總領的護衛，就是認定飄舞是值得信賴的天狗。所以，要說它沒有掉以輕心是騙人的。

再說，劍向來是放在慣用的那隻手旁邊。萬一有人企圖謀叛，因為劍是放在慣用的那隻手旁邊，就得花時間把劍換到另一隻手上，再用慣用的手拔劍。這其間，總領就可以反過來制伏對方。

低著頭的飄舞，手碰到了劍柄。劍是放在右側。

飄舞抬起頭時，颸嵐也沒懷疑它。

直到看見它面具下的雙眸，閃爍著青綠色的光芒。

颸嵐的臉色變了，飄舞也發現了，左手握緊出竅的劍，瞬間刺穿了颸嵐的胸口。

就只是一眨眼的工夫。被刺中的颸嵐，還是無法相信會發生這種事。

飄舞慣用右手，眼前這個成為兇手的飄舞卻是用左手揮劍。

看颸嵐沒什麼反應，飄舞又挖掉颸嵐的眼睛，再拿起放在壁龕架上的兩把劍刺穿颸嵐，這才放鬆了緊繃的神經。

絕不能小看總領家的妖力與生命力呢！連那麼小的雛鳥，都可以那樣忍受異教法術的折磨。

飄舞語帶嘲諷地說完，便抓住颸嵐的頭髮，把它的頭拉起來。

——只要你把封鎖在聖域裡的東西拿出來，我就饒了你和你兒子。

炯炯發亮的青綠色眼睛之中浮現侮蔑的神色。

颸嵐想起很久以前在愛宕鄉發生的悲劇，當時的兇手是人類的異教法師。吃下天狗的異教法師長出了畸形的翅膀，雙眸閃爍著青綠色的光芒，就像從屍體冒出來的磷光。

難道是異教法師？

颸嵐這麼低喃著。飄舞嗤笑著說，不要把它跟那種人混為一談。

想得到力量的異教法師吃下了所有可以吃的生物，包括天狗和許許多多的妖怪，從中取得了力量。然而，吃得愈多，那個男人就愈來愈不像人。雖然外形還保留著人類的模樣，其實已經變成怪物的大雜燴，被醜陋的慾望附身，成了與醜陋的內心相吻合的東西。

攻擊天狗、製造出天狗的孩子，還想把那個孩子也吃下去的怪物，是連畜生都不如的邪魔外道。

被當成食物製造出來的天狗孩子，會聽從它的安排嗎？當然不會，當然不可能，飄舞說，我只是假裝配合它的計畫而已。等它吃下天狗、陰陽師和神將，還有封鎖在聖域

裡的東西後，我再把它吃了。

當它知道自己才是被鎖定的獵物時，會怎麼想呢？不，說不定它連會想這些事的意志都不存在了——

「就算你用疾風來威脅我，我也不會答應。」

不管自己被傷得多嚴重，颸嵐都不能答應。縱使對方用心愛的孩子的生命做為威脅，它也不能拿出愛宕總領家代代守護的東西。

所以，邪魔飄舞改變了目標。

把目標轉向總領家無論如何都要保護的對象。

那就是颸嵐最重視的愛宕天狗們。

對自己忠心耿耿的天狗們的生命，與聖域放在同一座天秤上時，你會選擇哪一邊呢？

被捆綁的颸嵐還沒回答，異教法術的漩渦就已經覆蓋了愛宕鄉，所有天狗都被那股咒力吞噬了。

颯峰顫抖地看著斷斷續續述說的總領，事情遠比自己想像中嚴重。

原來飄舞的目標，不是痛苦掙扎的愛宕人民，也不是疾風或總領、颯峰。

而是很久以前被藏在聖域裡的東西。

「那麼……」啞然失言的昌浩戰戰兢兢地問：「封鎖在聖域裡的東西是……」

嵬翩然飛起，停在昌浩肩上，用翅膀摀住了昌浩的嘴巴。

「最好別問。」

昌浩疑惑地看著嵬。漆黑的烏鴉把視線轉向總領說：

「我是守護妖，在遙遠的西國出雲，侍奉守護黃泉比良坡的道反大神。聽說天狗是祭祀猿田彥，沒錯吧？」

總領天狗似乎聽出了話中含義，赫然倒抽一口氣，平靜地點了點頭。嵬好像這樣就明白了，露出嚴厲的眼神，轉頭對昌浩說：

「安倍昌浩，我們要跟總領天狗合力保護聖域。」

「咦，怎麼回事？說清楚嘛！」

「我不是說最好別問嗎？知道了答案，就會產生不必要的壓力。總領不說，就是想避免這種事，不要辜負了總領的好意。」

被帶著怒氣的烏鴉訓了一頓，昌浩滿頭霧水地看著颯峰。颯峰也滿臉疑惑地歪著頭，他連聖域裡藏著東西都是第一次聽說。

「異教法師想要的，是不能流到人界的東西。」

昌浩和颯峰同時注視著總領。颱嵐滿臉疲憊地垂下了眼睛。

「猿田彥大神是在神治時代，把那東西交給了我的祖先。代代守護那東西是我們總領家的使命。根據規定，只有總領才能知道是什麼東西。」

颯峰很想說什麼，但握緊拳頭作罷了。

現在最重要的，不是搞清楚那是什麼。

「那麼飄舞呢……」

昌浩問。颶嵐表情抑鬱地說：

「應該是在鄉裡某處……我只知道這樣。」

一直被囚禁在這裡的颶嵐不可能知道。

傷痕累累的天狗喘了一口氣。失去右眼的模樣顯得十分憔悴，骯髒的肌膚也蒼白得跟白紙一樣。

低頭沉默了好一會的颯峰，終於開口說：

「異教法師就是飄舞的……」

這樣的真相未免太駭人、太可怕，也太殘酷了。

前代總領、颯峰的父親、疾風、颶嵐，全都是被飄舞——不，不是。

大受打擊的颯峰好不容易才平靜下來，抬起了頭。

「總領大人。」

抬起頭的颯峰雙眸波盪著。明明是下定了決心，神情十分堅定，卻給人泫然欲泣的感覺。

「折磨疾風大人的人不是飄舞？」

總領知道颯峰想問什麼，以眼神回應。颯峰又接著說：

「對鄉民施行異教法術、刺傷我的人，也不是飄舞？」

殺了前代總領、殺了父親、攻擊總領、囚禁客人的人也不是飄舞？

「不、不是飄舞？不是教我劍術、跟我一起保護疾風大人的飄舞？」

眼睛眨也不眨地看著總領的颯峰聲音顫抖著。不眨眼睛，是怕眼睛一閉，淚水就會掉下來。

颶嵐沉默地點著頭。是的，不是飄舞。身體是飄舞，但決定那麼做的不是飄舞。真正的邪魔外道是邪惡的靈魂，是異教法師策劃出來的恐怖存在。

颯峰低下頭，吸口氣說：

「那麼，我還是必須打倒它。」

昌浩愣住了。颯峰在膝上緊緊握起拳頭，指甲嵌進手心，滲出了紅色的鮮血。

「那傢伙是仇人，是疾風大人、愛宕人民，還有……飄舞的仇人。」

向總領一鞠躬行禮後，天狗默默地站起來。

「無論如何，我一定會殲滅這個壞事做盡的卑鄙魔怪。」

颯峰轉身就要離開，昌浩慌忙對著它的背影大叫：

「颯峰，疾風呢？」

天狗的肩膀劇烈抖動，昌浩傾身向前抓住它的肩膀說：

「還不知道疾風在哪裡吧？要先找到疾風才行……」

但是一看到颯峰轉過來時的眼神，昌浩就說不下去了。

天狗的視線彷彿會把人射穿。

「這件事就拜託你了，我的另一張翅膀已經不在了……」

滿臉哀痛的颯峰說話時氣勢逼人，昌浩只能點頭答應。

「交給你了，陰陽師，你一定要找到疾風！」

颯峰抓起劍，衝了出去。

昌浩目送著颯峰離去，此時忽然聽到低沉的呻吟聲。

猛然回頭一看，颶嵐壓著腹部的傷口倒下去了，在剛才倚靠的牆壁上留下了鮮紅色的污漬。

昌浩張口結舌，看到總領背部的護符已經被血沾濕，不能使用了。

「總領！」

他趕緊衝向總領身旁，為它念止血咒文。除此之外，什麼也幫不上忙。

氣喘吁吁的總領天狗緩緩抬起眼睛說：

「陰陽……師……」

「不要說話。」

臉色發白的昌浩想替颶嵐治療傷口，卻被它以遲緩的動作制止了。颶嵐用愈來愈虛弱的聲音說：

「那孩子……還活著……」

濕透的護符破損掉落，露出了下面的斑疹。剛才因為被血遮住沒發現，颶嵐的身體已經被侵蝕到極點了。

「總領，振作點！呃，止血與治癒的咒文是……」

焦躁會使思考變得遲鈍。

颶嵐奄奄一息地重複說：

「那孩子……還活著……」

「疾風在哪裡？我馬上去找它，把它帶來這裡，請告訴我它在哪裡。」

昌浩正要站起來時，颶嵐抓住他的手，搖搖頭說：

「不，先……」

天狗的手勁大得驚人，把昌浩的手都抓紅了。

愛宕總領天狗颶嵐用混雜著嗚喘的聲音說：

「先替愛宕的……人民……解除異教法術！」

「唔……！」

天狗的獨眼閃爍著看不出瀕臨死亡的強烈光芒，壓住了昌浩。

「求求你……想辦法……解除異教法……」

沒力氣把話說完的總領，閉上左眼，垂下了手臂。

昌浩愣愣地低聲叫喚：

「總領……天狗？」

沒有回應。全身血淋淋的天狗一動也不動。

昌浩顫抖地伸出手，搖晃颶嵐的肩膀。

「總領……總領、總領……颶嵐……」

從容不迫的烏鴉，用力往緊張得不斷叫喚的昌浩頭上敲下去。

「好痛！」

眼冒金星、頭暈目眩的昌浩，搖搖晃晃地轉向烏鴉。

烏鴉挺直背，張開鳥嘴說：

「都被你叫衰啦！總領只是昏過去而已！你連這樣都看不出來嗎？」

「咦？」

昌浩慌忙把手伸到颶嵐的嘴巴上，確定還有微弱的呼吸。

看到昌浩全身無力地癱坐下來，嵬沒好氣地說：

「人家好歹也是天狗族的總領，還有該盡的義務，怎麼會那麼簡單就去地府報到呢？萬一真的出了什麼事，我也會去把它拖回來！」

沒錯，嵬的確做得到。

昌浩雙手抓住烏鴉，鬆了一口氣。

「嵬、嵬，你好厲害！」

「你現在才知道啊？太遲鈍啦，小兔崽子。」

抬頭挺胸的嵬扭來扭去地從昌浩手中掙脫，張開了翅膀。

「疾風大人絕對沒事。」

跟進入異境時一樣，烏鴉還是說得很有自信，昌浩不禁懷疑地問：

「為什麼？」

「因為有伊吹在。」

「咦……」

出乎意料的回答讓昌浩猛眨眼睛。他想不通為什麼會冒出那個名字，感覺跟問題無關。

嵬沒理睬疑惑的昌浩，望著遠處說：

「護衛和負責照顧的人都是這樣，即使犧牲自己的生命，也一定會保護主人託付給自己的孩子。」

感慨萬千的嵬斬釘截鐵地說。昌浩抿著嘴巴，瞇起了眼睛。

是真是假，他不知道。但不只是嵬，連颶嵐都肯定地說疾風還活著。

來這裡後，還沒見到伊吹。說不定像它們說的那樣，伊吹真的保護著疾風。雖然只是推測，沒有證據，但現在只能抓住這一絲希望。

沉思了好一會的嵬，骨碌轉身對昌浩說：

「你可千萬不要想與它們同調，查出它們是不是平安無事。疾風大人也中了異教法術，我想應該不用我多說……」

昌浩點點頭，對怒目而視的烏鴉說：

「我知道、我知道啦！」

「那就好。」

嵬鄭重回應後，飛到昌浩的肩上。

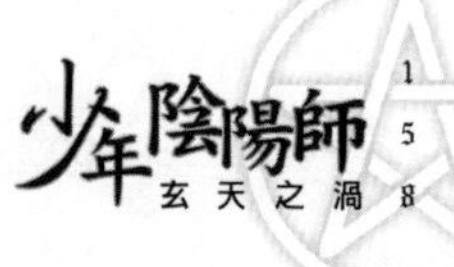

「只要去除異教法術，所有天狗就得救了，走吧，小兔崽子！」

啪吵舉起一隻翅膀的嵬，指著前方催促昌浩。猶豫的昌浩卻遲遲不動，因為他不知道該不該把瀕死的颶嵐丟在這裡，而且……

「……」

昌浩咬住嘴唇。

說真心話，他很在意疾風，但更在意紅蓮與勾陣的安危。如果朱雀沒說謊，那麼，他們應該沒那麼容易喪命，最糟糕的狀況，很可能就是他們把整個愛宕鄉都毀了。

這樣都還好，就怕異教法術對他們的侵蝕已經到了無法挽回的地步。

道反守護妖忍不住教訓起抹不去焦慮的昌浩。

「沒用的傢伙，你臉上寫滿了焦慮。所以我叫你趕快除去異教法術啊！威脅神將生命的法術，不就是折磨愛宕天狗們的異教法術嗎？」

昌浩眨眨眼睛，把手按在額頭上，心想嵬說得沒錯。

胸口的心跳聲撲通撲通響個不停。他太急了，整個人都被強烈的焦躁感控制，明顯失去了冷靜。在這種狀態下，想去除異教法術，恐怕會反過來被法術吞噬。

太感情用事了，就是會這樣。枉費小怪一再叮嚀過他。

沒事、沒事。小怪和勾陣都不會有事。平常他們都陪在身邊，所以老覺得向旁邊

看、向後面看，都應該會看見他們。

他儘可能慢慢地做好幾次深呼吸。呼吸加速，人就會變得急躁。

忽然，他想起在沒有其他人的地方與敵人相對峙的事。

從那之後，已經快一年了。與那個可怕的異邦妖怪對峙的地方，是那個怪物做出來的異界。

他啞然失笑。

回想起來，沒有神將陪伴的戰役還真少呢！平常，總是有某個神將陪著他。

啊，現在小怪真的不在呢！

小怪上次不在，是陰曆二月在出雲的時候。不過，那次還有其他神將在，大哥也在。

他看一眼烏鴉，心想現在也不是自己一個人。

「怎樣？」

不久前大哥還訓誡過他，先入為主地認為自己做不到的話，就會真的做不到。說得一點都沒錯，如果不勇敢挑戰，就沒辦法往前走。

與異邦妖怪對峙時，是在異界。這裡也一樣，是天狗的異境。都與人界隔絕，也不知道上哪裡去找幫手。

這麼相似的境遇，純粹只是偶然。

然而，那個可怕但值得信賴的神卻說了跟那時候同樣的話，彷彿早已看透了一切。

「寃，我沒事，你去找疾風。」

「咦？可是……」

烏鴉很猶豫，昌浩告訴它自己真的不會有事。

「受總領之託的人是我，而且我還答應過颯峰，我絕不會違反約定。」

烏鴉看著他堅決的表情好一會，似乎被說服了，便飛離了現場去找疾風。

為了安全，昌浩在颶嵐四周佈下小結界，才轉身離去。

這一次，他非除去異教法術不可。他邊走向門口，邊拚命思考該怎麼做才好。

9

不管它多麼自滿地認為有長足的進步，那傢伙還是會很快超越它。

挑戰過那麼多次，它從來沒贏過。

每次輸，它都會猛跺腳，懊惱不已，氣得不知道該怎麼辦，暗自發誓總有一天要贏過那傢伙。

向那傢伙請教劍法與贏不過那傢伙的不甘心，是兩回事。

然而，不知從何時開始，它真心覺得沒有比那傢伙更值得依靠的同胞。

後來同時被派任為護衛時，也覺得只要有那傢伙在，任何事都能克服。

為了成為下任總領的支柱。

它們就像天狗背上的兩張翅膀；就像一對翅膀。

它相信它們會永遠永遠一起往前走，從來沒有懷疑過。

異境之鄉深處，在被稱為山谷的地方，有個聖域。

那裡究竟隱藏著什麼，颯峰沒興趣知道。總領家有必須守護的東西，而颯峰是侍奉總領家的天狗，所以只要颯峰完成任務，就更能鞏固總領家的使命。

身中異教法術的疾風被送來後，颯峰也常進入聖域。

原本除了總領家，其他天狗都不能進入這裡。

茂密的樹林像籬笆般圍繞著聖域。穿越籬笆，裡面是一片平地，上面只有零星散佈的幾顆岩石，寸草不生，但彌漫著神氣。

飛過與天狗族墓地的分岔路口，就可以看見山谷深處的茂密樹林籬笆。

颯峰降落著地，收起翅膀，一步一步穩健地往前走。

忽然聞到一股血腥味。不該有的味道，是從籬笆內的聖域傳來的。

全身戰慄的颯峰拔腿往前衝，心想，難道是為了取得傳說被封鎖在聖域裡的東西而下的咒術？

一穿過籬笆衝入聖域，就看到熟悉的背影。

屹立在聖域中央的背影，腳下滾落著好幾顆白球般的東西。

颯峰定睛細看，發現那些都是沾滿泥土的骷髏，不禁感到毛骨悚然。

疾風還在這裡時，當然沒有那些滿地的骷髏。

颯峰下定決心，叫喚背向自己的飄舞。

「飄舞……」

才出口，就覺得不對。站在那裡的是飄舞的身體，卻沒有飄舞的心。或許應該說是邪魔外道的魔怪、負面的飄舞。

颯峰不想用前代總領欽賜的名字叫喚那個邪魔，感覺好像會污蔑前代總領的心意，它沒辦法忍受。

原本一動也不動的魔怪慢慢轉向了颯峰。

它沒有戴面具，炯炯發亮的青綠色眼睛看到颯峰，便猙獰地嗤笑起來。

颯峰握緊了腰間的劍。

啊，雖然是飄舞的模樣，但在那裡的心真的完全不一樣。儘管自己被它那麼殘忍地對待，同胞們也被它害得那麼慘，颯峰卻還是很難完全相信眼前的事實。

會不會那個飄舞的心還留在裡面呢？會不會還有一點殘存的意念呢？

但是，不可能有那種事。

以左手熟練地握著劍的身影，絕不是颯峰認識的飄舞。

颯峰拔出劍，激動地說：

「你是天狗的……仇人！」

白色雙眸的憤怒視線射穿了魔怪。

魔怪露出新月形的嘴形嗤笑著說：

「見到你母親了嗎？」

「……你！」

颯峰受到刺激，大聲吼叫著向前衝刺。魔怪轉過身，敏捷地閃過瘋狂衝撞而來的颯峰，撥開它的劍，把它擊倒在地。

摔得四腳朝天的颯峰勉強躲過朝脖子砍下來的劍，退到後面。

魔怪算準颯峰會往後退，把劍高舉過頭，跳起來往下砍。颯峰雙手握住劍柄，使出渾身力量擋回去。

金屬相碰撞的尖銳聲音扎刺著耳朵。接下來，全都是近距離交戰。十回合、二十回合、三十回合。

雙方都屏氣凝神，伺機攻擊。有時以毫釐之差閃躲，揮劍反擊；有時把劍擋開；有時把劍擊落，砍倒對方。

不能飛上天閃躲，因為很可能在那一瞬間被殺死。飄舞的劍術被稱為「愛宕第一高手」，颯峰從來沒贏過它。

前些日子的約定言猶在耳。

——對了，飄舞，等疾風大人康復後，我們再來比劍吧！

劍與劍擦撞出來的火花在耳邊散開。鏘的尖銳聲，每天都聽得見。

做那樣的約定時，飄舞已經不在那裡了。

對話、態度、行為，都還是飄舞原來的樣子，所以沒有人發現，颯峰也一直都很自然地跟它交談。

萬萬想不到回應的人，竟然是個魔怪。

在這樣的災難降臨之前，颯峰與飄舞每天都會比劍。

颯峰的母親與其他侍女們都會並排坐在外廊上，正中央是疾風。

大家都知道，兩名護衛為了鍛鍊，每天都會認真比劍。只要一開始比劍，宅院的侍女們就會放下手中的工作，聚集觀賞。

兩人交戰幾十回合，最後颯峰的劍被彈飛出去就結束了。每次颯峰都會按著被擊中的手腕，無聲地蹲下來，飄舞就面無表情地低頭看著它。

這就是在總領宅院每天常見的光景。

「——」

颯峰藏在面具下的眼睛，每天都悵然若失。

它好懊惱自己輸的紀錄愈來愈多，真的十分懊惱，覺得一路輸下來的自己很沒用，沒有比這更讓人遺憾的事。

飄舞把劍收進劍鞘，用缺乏抑揚頓挫的聲音說：

「要不要我放水？」

颯峰在面具下吊起眉毛，狠狠瞪著飄舞。雖然被面具遮住，看不見它的表情，但可以感覺到那樣的視線，飄舞稍微聳了聳肩膀。

「你敢那麼做的話，我會詛咒你。」

颯峰的話語充滿威脅，飄舞隔了一會才回答說：

「這不像天狗會說的話。」

把嘴巴撇成ㄟ字形的颯峰撿起被擊落的劍，收回劍鞘裡。

「颯峰為什麼贏不了呢？」

這時候疾風就會歪著頭說：

所有人都盯著雛鳥看。答案誰都知道，但不能怪它這麼問。

侍女們、颯峰的母親和飄舞都知道，颯峰自己當然也知道。知道歸知道，卻沒有人說出來。

颯峰抓著太陽穴一帶，難堪地說：

「因為……我修行不夠，劍術追不上飄舞，疾風大人。」

「什麼時候能追上呢？」

充滿好奇心的圓圓大眼睛盯著颯峰看。下任總領的天真疑問，有時會深深刺傷颯峰的心。

小孩子就是這麼誠實，覺得疑惑就會直接說出來。颯峰也做過同樣的事，問了伯父現在想起來很傷人的話。

「我會努力鍛鍊……」

颯峰勉強擠出這樣的回答。飄舞忽然靠過來說：

「颯峰繼續認真地練下去，一年、兩年就會追上我了。」

聲音還是那麼冷漠。

疾風的眼睛亮了起來。

「真的嗎？那麼，颯峰就會贏了吧？」

「這個嘛，恐怕沒那麼容易。」

飄舞這麼回應，雛鳥開心地哈哈大笑。

在面具下半瞇著眼睛發愣的颯峰只聽到前半段，所以沒什麼反應。

它猛然抬起頭看著飄舞。這個天狗比它年長許多，個子也高它一個頭。

飄舞注意到它的視線，轉向了它。颯峰難以相信地問：

「真的嗎？」
「我從來不說謊。」
颯峰眨眨眼睛，回頭向雛鳥和侍女們確認。坐在疾風旁邊的母親微微一笑，沉著地點著頭。
喜形於色的颯峰開心得想大叫。
下任總領的另一張翅膀，站在雙手緊握著劍、沉浸於喜悅的颯峰身後，喃喃吐出了一句話。
「前提是你要不停地練習。」
劍揮到眼前，颯峰及時接住。濺起紅色火花的劍被砍出了缺口，四散的碎片擦過臉頰，它覺得不對勁時，臉上已經出現了一條紅線。
它顧不得血珠從那條紅線滲出來，怒吼著往前衝。
「哇哇哇！」
忽然，腹部一陣悶痛。那裡受了重傷，還沒痊癒，纏繞著人類陰陽師製作的護符。經過激烈的劍刃交鋒，傷口又裂開了。符咒的咒文和圖騰被流出來的血洗刷掉，失去了效果。

颯峰從來沒想過，異境的天狗、與人類水火不容的魔怪，會為了打倒同胞而借用人類的力量。

劍擦過飄舞的手，颯峰感覺戳破了它的衣服，劃過了它的皮膚，應該是皮開肉綻的一擊，卻還是被它躲開了。

颯峰擺好架式，降低重心，腹部傷口的疼痛逐漸加劇。兩人開始對打，究竟多少年了？

飄舞說一、兩年就可以追上它。

從那時候起，颯峰更努力練習。對方是愛宕第一高手，只要能追上它，贏它一次，就可以證明自己的劍術有多卓越。

颯峰並不想成為第一。要超越飄舞，根本是癡心妄想。

它只希望可以跟飄舞並駕齊驅。它們都是護衛，既然兩名護衛是下任總領疾風的雙翼，那麼，劍術當然不能相差太多。

三次贏一次，不，五次贏一次就行了。它希望能改變屢戰屢敗的現況，至少要有一次贏的紀錄。它就是抱著這樣的想法努力在練習。

「怎麼啦？颯峰。」

響起魔怪嘲諷的聲音。

為了閃避刺過來的劍，颯峰猛然往後退，雙腳卻沒踩穩，跪了下來。它立刻用劍撐住身體，所以沒摔倒，但腰還是受到衝擊，劇烈的疼痛掠過身體，冒出了冷汗。

「糟糕……」

膝蓋無力，劇痛讓它想站也站不起來，還因為失血產生了耳鳴與暈眩。

偏偏在這種關頭。

炯炯發亮的青綠色眼睛瞪視著颯峰。

「差不多該給你最後一劍了。」

完全看不出疲憊的魔怪從容地接近颯峰，高高舉起了劍。

「你的劍術進步了不少嘛！颯峰。」

魔怪嗤笑著。颯峰抬頭看著它，無法壓抑的激動湧上心頭。

這樣的嗤笑，自己究竟看過幾次？異教法師的私生子、邪魔外道之輩，露出新月形的嘴巴嗤笑著。

只靠意志力支撐著身體的颯峰，胸口火辣辣地絞痛著。

「飄舞……！」

在這之前，從來沒有人看過飄舞的笑容。

大家相處了那麼久，共同度過了漫長的歲月，卻沒人看過。不管疾風和颯峰笑得多開心，飄舞都沒笑過，總是緊緊抿住嘴巴，讓人心痛。

強烈的憤怒在颯峰心中熊熊燃起。

怎麼可以讓這樣的人再玩弄飄舞不幸的身世呢……?!

死也要打倒這個魔怪。

颯峰握緊劍柄，下定了決心。

魔怪嗤笑著，朝颯峰的頭頂揮下了劍。

就在這一剎那——

從遙遠的總領宅院一隅，出現了水氣與火氣的螺旋，化為巨大的漩渦爆裂。

颳起強勁的風，狂亂地吹到了聖域。

「唔……」

伺機而動的颯峰看見了。

魔怪的右手悄悄抓住拿劍的左手，減緩了力道。魔怪驚訝地張大眼睛。

劍砍偏了。颯峰下意識地挺直身軀，拔起插在地上的劍。

輕微的衝擊掠過額頭。從額頭前濺出來的鮮血，染紅了視野。

颯峰全力衝刺，撥開魔怪的劍，使出渾身力氣把劍橫掃出去。

「唔……！」

鈍重的反彈力道從劍身通過劍柄傳到了手上。

沾滿血的手太過濕滑，把劍甩飛了出去。旋轉滾落的金屬聲，劃破了寂靜。

颯峰雙手、雙膝著地，劇烈地喘著氣。勉強堵住的傷口完全裂開了。原先的出血已經乾了，又被新血沾濕，變得沉甸甸的。

颯峰壓住傷口，慢慢地轉過頭。

飄舞趴倒在地上，從它身體流出來的鮮血在地面迅速擴散。

「……」

剛才確實有皮開肉綻、切斷骨頭的感覺。再加上那樣的出血，無疑是致命的一擊了。即使是天狗，傷勢深及脊椎也不可能存活。

颯峰按著膝蓋用力站起來，拖著身體，走到可以看到飄舞的臉的地方。

飄舞的右手還緊緊抓著握劍的左手，嵌入左手皮膚的手指似乎用力到骨頭都斷了。

颯峰無力地癱坐下來。

「……」

慣用左手的魔怪，用那隻手自在地耍劍、殘酷地凌遲颯峰，差點殺了它。

「飄……」

正要開口叫喚的颯峰，忽然聽到熟悉的聲音。

「颯、峰……！」

聲音細微又虛弱，但它絕不可能聽錯。

颯峰的肩膀跳動了一下。不聽使喚的身體令它焦躁。它轉頭往後看，臉整個皺成了一團。

「疾……風……大人！」

在黑烏鴉的帶領下，獨臂天狗步履蹣跚地走向了颯峰。

手上抱著幼小的雛鳥。

疾風看到颯峰，扭動身體，從伊吹手中掙脫出來。

「颯峰……颯峰！」

雛鳥哭著往前跑，慌亂地拍動翅膀。它的翅膀因為中了異教法術，原本已經壞死不能動了。

「疾風大人……?!」

疾風搖搖晃晃地跑到不能動的颯峰旁邊，看到躺在眼前的飄舞，倒抽了一口氣。

飄舞的臉毫無血色，蒼白得跟白紙一樣。這是疾風第二次看到它沒有戴面具的樣子。

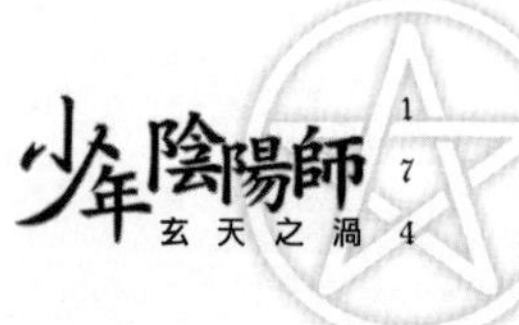

忽然，飄舞的右手動了。
右眼的眼皮微微顫抖，露出了眼眸。
颯峰為了保護疾風，立刻把張大眼睛的它拉到自己後面。疾風卻從颯峰手中鑽出來，慢慢地靠近飄舞。
眼皮下的青綠色眼睛，捕捉到眼睛眨也不眨地看著自己的雛鳥。
好不容易才走到這裡的伊吹，腰間佩帶著劍。颯峰反射動作地抓住伯父那把劍。
疾風盯著飄舞，微微歪了歪頭。
「飄舞——？」
說不出話的天狗眼皮顫動，青綠色的光芒逐漸消失，變成白色眼眸。
颯峰等人都屏住了氣息，飄舞在他們面前緩緩伸出右手，撫摸雛鳥的頭。看起來有點陶醉的疾風，瞇起眼睛任它撫摸。
「……」
淚水從天狗的右眼滑落下來。
沒多久，眼皮輕輕闔上，右手也啪答垂下來了。
右手。飄舞慣用右手。縱使被盤據體內的魔怪殺死了，它還是保護疾風到最後一刻。

「你……」

颯峰低聲咒罵，肩膀忍不住顫抖起來。

「居然到最後……都不讓我……贏一次……！」

剛才擊敗魔怪的不是自己。

是飄舞抓住魔怪的手讓劍偏離了目標，颯峰的腦袋才沒被劈開。在額頭受傷的狀態下，還能奮力往前衝，也是因為飄舞封住了魔怪的劍。

直到最後，自己都贏不了飄舞。這次也沒贏，又多了一次輸的紀錄。

——……前提是你要不停地練習。

「飄舞，你欺騙了我……」

從那時候到現在，已經兩年了。不管我怎麼拚命練習，還是贏不了你嘛！

颯峰流下了男兒淚，想到寡言而孤僻的同胞，泣不成聲。

伊吹輕輕摸著從小就愛哭的侄子的頭，忽然發現了什麼，開口說：

「你看，颯峰。」

颯峰抽抽噎噎地轉向伯父。難過地垂著頭的疾風也疑惑地轉頭看。

伊吹指著已經斷氣的天狗，用顫抖的聲音說：

「飄舞笑了……」

颯峰和疾風都望向飄舞。

看不見左半邊臉的天狗，右嘴角微微往上揚。

疾風、颯峰甚至伊吹，當然都不知道。

那是飄舞自戕時浮現的最後笑容。

很樂意捨命保護下任總領的天狗，向來厭惡自己的身世，不但話少，個性又孤僻，

那是它這輩子展露的唯一一次微笑。

這裡是與人界隔絕的異境。

沒有收到邀請，任何人都很難進入。

✕ ✕ ✕

走出總領宅院的昌浩，思考著該如何解除異教法術。

「要怎麼做呢……」

幾乎沒有道具可以使用，護符全都給了颯峰的母親和颶嵐。平常戴在身上的道反勾玉，是用來彌補昌浩失去的靈視能力，還有抑制潛藏在血液中的異形之力，不能當成解除異教法術的道具。

該怎麼做才好呢？愛宕鄉有沒有什麼現成的道具呢？

「如果颯峰能打倒飄舞……」

施行異教法術的天狗是飄舞。不，正確來說，是飄舞體內的另一顆心。那顆心是只有負面意念的邪惡存在，是超越天狗的魔怪。

術士消失，法術也會跟著消失。問題是，敵人不只飄舞。

昌浩仔細觀察周遭狀況。一度被他打倒的異教法師，恐怕又活過來了。

他需要思考。現在襲擊愛宕鄉的異教法術，假如不只來自飄舞，那就是還有其他法師也動了手腳。

昌浩相信颯峰一定會打倒飄舞。當颯峰完成這件事時，解除異教法術、掃蕩咒力，就是昌浩的責任了。

原本想藉助於總領天狗的力量，現在已經不可能了。總領本身也生命垂危，奄奄一息。

看來只能藉助神的力量。天狗祭祀的猿田彥大神是國津神，昌浩並不熟，但他記得從安倍家去鞍馬山的路上，走沒多久的地方就有一間供奉猿田彥的寺廟。

「糟糕，沒先正式去拜拜……」

現在抱頭懊惱也來不及了。這件事牽扯到天狗，應該先去祭拜跟天狗關係深厚的寺廟。沒這麼做，是自己的疏忽，以後要謹記這樣的教訓。

「總之……」

昌浩瞪著捲起漩渦的咒力，心想起碼要清除覆蓋愛宕鄉的漩渦。

他調整呼吸，端正姿勢，擊掌合十。

「誠惶誠恐謹請神明傾聽……」

後腦勺忽然有種被人粗暴地由下往上摸過的感覺，昌浩倒抽一口氣往後看。

離他不遠的地方，站著一個穿黑衣服的男人，背上有一雙變形扭曲的翅膀。

最令人毛骨悚然的是，男人披戴著骷髏。

昌浩下意識地往後退，屏住了呼吸。

「外法頭……邪法……」

披戴著骷髏的男人，笑得牙齒嘎答嘎答作響。兩個張大的眼窩，露出炯炯發亮的青綠色眼珠，犀利的視線像打量般直盯著昌浩。

出自本能的厭惡感掠過昌浩的背脊。感覺跟在夢殿見到它時，以及在愛宕山間下詛咒把它拖出來時，有某種明顯的不同。

昌浩再往後退一步，以右手結印。

面對這種捉摸不清的東西，昌浩不禁全身發涼，心驚膽跳。

異教法師的牙齒嘎答嘎答震響，喉嚨也不停抖動，發出漏氣般的嘶嘶聲。

「陰陽……師……」

青綠色的眼睛妖光閃閃。昌浩打了個冷顫，全身起雞皮疙瘩，寒毛直立。

黑衣男人攤開的雙手軟趴趴地曲折延伸。露出袖子外的皮膚像樹皮般龜裂，分成好幾節。

昌浩腦中忽然閃過某種生物。

「是鱗片……？」

才剛這麼低喃，男人就張開嘴巴，伸出了分岔的舌頭。

直覺讓昌浩拔腿往後退，異教法師的頭，果然伸向了他原來站的地方。

法師的脖子倏地伸長了。不，不只脖子，連肩膀、身體和腳，都拉得細細長長逼向了昌浩。

天狗從衣服裡露出佈滿鱗片的皮膚，瘋狂地拍起翅膀。

「蛇?!」

長了翅膀的蛇追逐著昌浩。高高飛上天空的巨大翼蛇，盤旋著撲向昌浩。

昌浩倒抽一口氣，往旁邊翻滾。俯衝而下的異教法師安全著地，又變成青蛙的模樣，逼向了昌浩。

「青蛙嗎?!」

外表變成了巨大的蟾蜍。昌浩心想，這個異教法師真的是看到什麼就吃什麼，靠這樣存活下來。

本想躲到建築物裡面的昌浩，臨時打消了念頭。因為屋內有天狗，遇到異教法師，很可能統統被吃下去。

「別開玩笑了。」

昌浩轉身重新面向敵人，結起手印。

或許攻擊才是最好的防守吧。

「嗡！」

昌浩瞪著異教法師。

使用異教法術的異教法師，從無數妖怪身上取得了妖力，還吃下無數的生命，取得了強韌的生命力。

原本是異教法師模樣的生物，張大嘴吐出了邪氣。

昌浩擊掌清除邪氣，但沒辦法清乾淨，馬上結刀印，念咒文。

「天八方、地十文字、揮劍斬除，惡魔退散！」

砰的一聲，邪氣全被反彈回去了，但異教法師卻趁隙逼近眼前。

好快的速度！昌浩倒抽一口氣，立刻把手橫向一掃，畫出五芒星。

「禁！」

無形的護牆擋住了翼蛇。被撞飛出去的怪物骨碌翻轉一圈，安全著地後，咻嚕咻嚕把身體縮回來，又恢復了人類的模樣。

骷髏嘎答嘎答震響著。

昌浩沉重地低喃：「那個骷髏是……」

那不是人類的骷髏，散發出非人類的波動。

這裡是異境。假使是飄舞協助異教法師復活，那麼應該是天狗的骷髏。

棲宿在飄舞體內的魔怪，把天狗的骷髏、肉和血，全給了變成天狗的男人，到底想做什麼？

封鎖在愛宕聖域裡的東西，究竟是什麼？颶嵐和嵬都不希望人類知道。

貪圖力量的異教法師，卻一心想取得這個不該出現在人界的東西。

那麼……

昌浩腦中靈光一閃。

異教法師原本是人類，吃下天狗變成天狗，又吃下種種妖怪，取得那些妖怪的外表和力量。那麼，它最後追逐的東西，想必比任何東西都強大、尊貴吧？

愛宕天狗祭祀的是猿田彥大神。可以說是天狗先祖的猿田彥大神，到底封鎖了什麼？

那東西不該出現在人界，異教法師卻知道。它原本就是個修行者，修行與天狗有很

深的關係。

沒錯，全都始於天狗、終於天狗，不論流星、異教法術或任何事。

愛宕天狗是妖魔，卻祭祀神明，就像道反的守護妖——

人模人樣的異教法師結起手印。

「災禍、災禍、災禍！」

異教法師對準目瞪口呆的昌浩，射出無數的妖氣之箭，數量不下百支。

「哇啊啊！」

昌浩翻轉身體閃躲，手腳還是被射中幾支。一陣劇痛後，身體就麻痹不能動了。

異教法師瞇起眼睛，繼續施法。

「災禍、災禍、災禍！」

這是把完全不同於原來用途的意義注入了言靈的咒語。

邪念在身上纏繞翻轉著，把昌浩困住了。自天而降的邪念覆蓋全身，沉重到壓迫呼吸，幾乎把他的身體壓垮了。

呼吸困難。

「……」

對了，非調整呼吸不可。從剛才就不能靜下心來使用法術，為什麼呢？頭腦轉個不停，思考不斷加快速度，還想起了其他事。

身體動彈不得，因為這裡是異境嗎？

不，這樣的想法立即被昌浩的直覺否決了。問題不在於這裡是異境，而是……

他張大眼睛望著天空。

這裡全都覆蓋著異教法術的咒力。

是咒力阻礙了昌浩的力量。飄蕩的邪念使他心浮氣躁，不能集中精神。這樣下去，會被凌遲而死，成為異教法師的食物。

「陰陽師，我要你的力量！」

異教法師嗤笑著。

昌浩雙手結印。

「天照皇大神曰，人乃天下之神物，須掌寧靜，心乃神明之主！」

起碼要先清除周遭的邪念，否則不但救不了愛宕人民，連自己都救不了。

異教法師竊笑著。

「你還太嫩了，陰陽師，追不上我、追不上我啊！」

每喊一聲「災禍」，異教法師的邪念就變成箭射向昌浩。

受創的昌浩發不出聲音，沒辦法念祭文。

「唔……！」

那個神說過，需要時就呼喚祂。跟那次在異界作戰時一樣，只能借用神的力量來掃蕩異教法術的咒力了。

然而，連召喚神的力量都被削弱了。光用想的沒用，必須出聲才能傳達。要有言靈才能起作用。

昌浩承諾過，一定會救颯峰、颶嵐和伊吹，不能在這時候倒下來。

「唔……」

他用發不出來的聲音呼喚神名，只要發出聲音，就能清除邪念。異教法師得意忘形。

霎時——

從總領宅院一隅，迸射出火氣與水氣的怒潮。

颳起強勁的風，撼天震地。

突發狀況轉移了異教法師的注意力，昌浩拚命念起咒語。

「消滅萬惡之物……！」

逐漸吞噬昌浩的邪念向四方散去。呼吸困難的昌浩劇烈咳嗽著，在地上翻滾掙扎。

風聲呼呼大作，昌浩緩緩抬起了頭。

「高淤……神……」

為什麼？那並不是昌浩的言靈。他沒有發出言靈，以他目前的狀況，根本沒辦法念請神的神咒或祝詞。然而，貴船祭神的神氣的確在愛宕顯現了。

還有另一個神氣，與高龗神的神氣一併迸射出來。

昌浩撐起上半身，低聲嘟囔著：

「紅蓮……？」

那無疑是十二神將的騰蛇放射出來的灼熱波動。

茫然掃視周遭的昌浩，察覺異教法師正要從背後撲向自己，猛然轉過身去。身體大大膨脹起來的異教法師打算把昌浩整個吞下去。

「唔！」

正要結手印、念神咒時，有東西從他耳邊擦過。那東西像一團風從他身旁飛過，把異教法師彈飛出去。

昌浩眨眨眼睛，喃喃念著：

「勾……陣……？」

看到那個背影，昌浩不寒而慄。

這是怎麼回事？

在昌浩被吞噬之前趕到的勾陣，把異教法師彈飛出去了。異教法師的龐大的軀體像球一樣翻滾，正在努力讓自己重新站起來。

勾陣動也不動地看著那景象。從她全身冒出酷烈的神氣，把她烏黑的直髮吹得高高飛揚。

昌浩屏住氣息，發現自己正在發抖。毋庸置疑，自己是被她淒厲的神氣嚇得蜷縮起來了。

嵬飛向呆呆佇立的昌浩，停在他肩上。看出是十二神將時，烏鴉欲言又止地搖了搖頭。

異教法師憤怒地瞪視著神將。

「我要吃了妳！」

恐怖的嘶吼聲重重繚繞。

「我要吃了妳！我要吃了妳！我要吃了妳！我要吃了妳！」

凝然不動的勾陣暗笑著說：

「你吃吃看啊！」

神氣颳起旋風迸射出來。

變成異形模樣的異教法師邊拉長身體，邊念咒文：

「災禍、災禍災禍災禍！」

邪念之箭射向了勾陣。

昌浩急忙結手印，築起阻擋邪念之箭的護牆。

護牆還沒成形，所有箭就被勾陣迸射出來的神氣摧毀了。

勾陣背對著昌浩說：

「昌浩，你退下。」

「咦……？」

頭也不回的勾陣，用從沒聽過的語氣命令昌浩。

「快退下，你會妨礙我。」

昌浩張大了眼睛，回想她以前用這樣的語氣對自己說過話嗎？

嵬抓住昌浩的肩膀，把他往後拖。被拖著往後退的昌浩覺得雙腳無力，就那樣當場癱坐了下來。

「嵬，這究竟是……」

烏鴉無言地搖搖頭，把鳥嘴指向了某處。昌浩往那裡望去，看到伊吹和颯峰正拖著身體走過來。

看到颯峰身上的傷，昌浩大驚失色，吃力地爬起來跑向颯峰，把想得到的咒文、咒

語統統念出來，替它止血療傷。
「總算好一點了……」
昌浩鬆口氣，垂下肩膀。颯峰縮起身體，怯怯地問：
「昌浩……那真的是勾陣大人嗎？」
颯峰記憶中的勾陣的神氣，跟她現在與異教法師對峙的神氣相差太多，所以很難接受這樣的事實。
昌浩全身無力地點點頭說：
「嗯，是她沒錯……」
疾風也顯得忐忑不安，只有伊吹淡定地看著她與異教法師對峙。
勾陣稍微舉起雙手，右腳向前跨進一步。
異教法師張開雙手念咒：
「邪惡之風將她吞噬……」
但是咒文中斷了。
猛然降低重心的勾陣瞬間逼近異教法師，給了它腹部重重一拳。
「發不出聲音，就不能施放異教法術和咒言。」
冷冷放話後，再緊緊合握雙手，往身體彎成く字形的異教法師背部用力搥下去。

響起骨頭碎裂的聲音。

異教法師倒地陷入土裡。

「不要這麼快就陣亡了嘛！」

勾陣把陷入土裡的異教法師拉出來，抬起大腿，狠狠踢碎了異教法師的腰骨，再抓住開始變成異形的男人下顎，把它舉到半空中。異教法師揮舞著手腳掙扎，勾陣不動如山。異教法師的腳變成堅硬的鐮刀，正要往勾陣疏於防備的身體砍下去時，勾陣以異教法師的下顎為支撐點，高高舉起它變形扭曲的身體，用力往地上摔。

撞擊到地面時，又有強烈的神氣團往它身上壓。

異教法師像青蛙般慘叫，全身痙攣抽搐。

「既然是天狗，就以天狗的模樣跟我對戰嘛！」

下顎骨頭碎裂的聲音，被異教法師低沉的呻吟聲掩蓋了。

勾陣把腳放在異教法師的胸口上，一腳踩凹了肋骨。異教法師的腳像壞掉的人偶般，怪異地往上跳動了一下。勾陣又扭轉它的腳踝，把它的腳從膝蓋扯斷。

「怎麼了？讓我瞧瞧被你吃下去的那些怪物的力量啊！」

異教法師痛苦掙扎著，但被勾陣踩住了，沒辦法動來動去。

燃燒著熊熊怒火的青綠色眼睛瞪視著勾陣的異教法師，發出咒罵聲。

「我要殺了妳！把妳的生命和所有一切都吃下去！」

扭動延伸的脖子眼看著就要往勾陣的喉嚨咬下去時，勾陣把拳頭揮進了它大張的嘴巴裡。

異教法師咬住勾陣的手，蠢蠢蠕動。勾陣陰沉地笑著說：

「想吃多少就吃多少吧！」

異教法師的眼睛凝然凍結。十二神將鬥將中的第二強將，把龐大的神氣注入異教法師咬住的那隻手。吸食勾陣神氣的異教法師眼中佈滿血絲，企圖吸光所有的神氣。

變成怪物模樣的身體異常地膨脹起來。膨脹到像灌滿水的皮袋時，異教法師連聲音都發不出來了，全身哆嗦顫抖。

然而，異教法師還是盯著強大的神氣波動，眼睛紅通通地嗤笑著。

「好強……好強，我還要、我還要……！」

妖力與神氣相對沖，把這樣的神氣吸滿到極限的異教法師，身體從前端開始潰爛，它卻還是繼續奪取神氣。

神將勾陣斜睨著貪圖力量的修行者的悲慘模樣，金色眼睛閃爍著酷烈的光芒。

「你這個邪魔……光活著都教人噁心。」

怒罵後，勾陣把異教法師從自己的手剝開，用膝蓋撞擊它的臉。勉強保住外表形狀

的骷髏，碎成了粉末。

異教法師的身體是以骷髏為媒介固定成形的。失去了骷髏，納入體內的種種怪物開始暴動，使得它的外表不斷快速變化。

神將冷冷地看著它，同時輕輕舉起右手，把手掌張開朝上。強烈到連肉眼都看得見的鬥氣漩渦很快地集結起來。

「土之氣可以孕育所有生命……但用在超越死亡的怪物身上，會怎麼樣呢？」

勾陣苛刻地說完後，就把一團鬥氣拋向了異教法師的肚子。被擊中的異教法師慘叫一聲凝固了，龜裂的細紋擴散全身。

不管異形的生命力再強，被注入了過多的神氣，還是會因為細胞無法承受而導致滅亡。原本是人類的異教法師，更不可能吸納勾陣所有的神氣。

她又握緊拳頭，往動也不動的異教法師捶下去。一聲巨響，異教法師就碎裂了，像塵埃般漫天飛揚。

看著向四方散去的碎末，勾陣咂咂舌說：

「還沒死嗎？命真硬。」

忿忿地咒罵後，她終於把視線轉向了昌浩。

昌浩像被蛇盯住的青蛙，全身僵硬。面對她那雙跟平常不一樣的金色眼睛，昌浩有

種說不出來的恐懼，思考完全停擺了。

以前在烏髮峰與太古大妖死鬥時，昌浩第一次見識到十二神將中最強的通天力量。那股淒厲的狂流看不到極限。他以前就聽說過，但親眼看見時，感覺還是差很多。他也常聽說，勾陣是十二神將中的第二強將，沒想到親眼看見時會這麼可怕。

昌浩恍然大悟。

啊，他們是神嘛！

恐怖程度跟高龗神一樣，十二神將果然是名副其實的神。

那麼，使喚他們的陰陽師，應該怎麼樣對待他們呢？昌浩總覺得祖父安倍晴明對待他們的方式有點問題，但好像又沒錯。

勾陣指著天空，對一臉茫然的昌浩說：

「驅散異教法術的漩渦還有異教法師的殘渣，是你的責任。」

昌浩扭動僵硬的脖子，仰面朝天。在他呆滯仰望的天空上，邪惡的漩渦無止境地彎曲延展，宛如捲起狂亂漩渦的遼闊大海。

勾陣發現昌浩遲遲沒採取行動，訝異地看著他。仰望天空的昌浩臉色發白。

在旁邊的颯峰看到他那樣子，悄悄拉一下他的手。

「喂，昌浩，你怎麼了？」

昌浩慢慢把頭轉向颯峰，困惑地說：「我真的可以解除異教法術嗎？」

被昌浩這麼一問，颯峰當然沒什麼把握。但勾陣一再催促，昌浩覺得最好還是照她的話去做。她的眼睛仍然是金色，被她一瞪，昌浩就嚇得全身寒毛直豎。

「我也不知道……但做總比不做好吧?可以驅散異教法術，應該就能救大家吧……」

昌浩又看看嵬、伊吹和疾風，它們也一樣點著頭。

「一定可以的，你不是陰陽師嗎？」

疾風這麼說，疑惑地偏起頭。它聽說陰陽師會救它，一定會救它。

果然它就得救了，所以現在才能站在這裡。身中異教法術時的痛楚和高燒全都消失了，連不能動的翅膀都可以自在地伸展了。

毫無自信的昌浩被推到了前面。

光靠昌浩的力量，恐怕很難把纏繞愛宕鄉的咒力和所有的災難徹底清除。

既然如此……

昌浩擊掌合十，深深吸口氣。

「此產乃山，生產萬物，安鎮地德……!」

當祭文響起，彌漫地表的邪惡之氣便隨風飄上了天。要把藏在地下的部分都拖出來，才能淨化到片甲不留。

盤據在天狗們體內的異教法術的咒力，像黑霧般從各處冒出來。躺在地上的天狗們身上的斑疹逐漸消失，肌膚恢復了原來的乾淨模樣。

颳起了一陣清涼的風，助他一臂之力。昌浩覺得很親切，因為跟吹過守護北方的貴船的風一樣。

他切身感受到，高淤神來幫他了。

「是故，成就諸願。祈求各靈仙神仙列仙，降臨道場，滿足心中希願。」

稍作停頓後，他提高音量，向天訴願。

「急急如律令！」

祭文還沒完。範圍這麼廣大，他必須小心翼翼地使出所有他知道的法術。

念完秘詞後，他繼續在心中祈禱。

願愛宕之民能得救、願能清除所有異教法術之咒力。

還有，不要再發生這樣的慘劇。

「祈求諸願成就如意滿足急急如律令……」

念完最後的咒文，昌浩緩緩吐口氣，擊掌合十做總結。

這次的擊掌聲比剛開始時清澄許多，因為覆蓋這片土地的漩渦被驅散，空氣完全淨化了。

昌浩張開眼睛，喘口氣，放鬆肩膀。

忽然感覺到一股視線，他抬頭仰望天空。

隱約看到銀白色的龍神，盤捲著長長的龐大身軀。

昌浩鞠躬行禮，只見龍把抓著玉的那隻手，指向了某處。

那是總領宅院的一角，高龗神與紅蓮的神氣就是從那一帶迸出來的。

昌浩不懂祂的意思，又抬頭仰望天空，但已不見貴船祭神的蹤影。

11

異教法術完全解除後，勾陣默默走向了昌浩。

她的神氣已經平靜下來，眼睛也從金色恢復成原來的黑曜色，但所有人還是嚇得繃緊了神經。

發現勾陣跟平常一樣冷靜地看著自己，昌浩戰戰兢兢地問：

「妳好像很生氣哦？」

她默然垂下了眼睛。答案是肯定的。昌浩不想深入追問，思考著該接著說什麼。

忽然，他眨眨眼睛，環顧四周，又轉向了勾陣。

「勾陣，小怪呢？」

她的眼睛顫抖了一下，但昌浩沒察覺。

「小怪呢？不對，應該叫紅蓮，剛才是紅蓮的神氣。」

聽說他也中了異教法術，徘徊在生死邊緣。但是能釋放出那樣的神氣，應該沒多嚴重吧？昌浩稍微鬆了一口氣。

嵬無言地望著昌浩，不急不緩地抓住他的肩並拍打著翅膀，好像要把他拖去哪裡。

「嵬，很痛耶！別這樣。」

烏鴉不肯放開爪子，昌浩只好跟著它前進。

他們正走向總領宅院，就是貴船祭神剛才指的地方。

昌浩的心臟在胸口忐忑不安地跳動著。不知道為什麼，覺得很緊張。

總領宅院到處都是倒在地上的天狗。剛來的時候，看起來就像一幅地獄畫。現在異教法術解除了，他們都正常地呼吸著。太好了，成功了。

法術不管使用過多少次，都不能保證成功，每次都是重大的賭注。

嵬直指著前進方向，昌浩照指示往前走。剛開始是用走的，漸漸變成了小跑步。

心情愈來愈急躁。心臟在胸口狂跳。他告訴自己，勾陣沒事，也看到了紅蓮的神氣，絕對不會有事。

明明這麼想，昌浩的心卻還是開始發涼。

往前走的昌浩，正要依照指示進入傾毀的東屋時，突然停下了腳步。

剛才在自己千鈞一髮之際趕來的勾陣，與異教法師對峙時的模樣，好像有哪裡跟平常不太一樣。

昌浩停下來，在記憶中搜尋答案。

「哪裡不一樣呢？」

記憶中的勾陣，都是握著小型武器面對敵人。那兩把武器，她總是插在腰間，有時會應要求借給同袍。

昌浩往後看，晚他一步的天狗們和勾陣也都趕上來了。毫髮無傷的勾陣，腰間看不到總是隨身攜帶的兩把筆架叉。

肩上的烏鴉推著昌浩，催他往前走。

「嵬……到底發生了什麼事？」

漆黑的守護妖眨眨眼睛，把頭轉向了其他地方。

「你下去就知道了。」

心跳怦然加速。覺得大有問題的昌浩，又轉頭看勾陣。

她全身無傷，裝扮也沒有奇怪的地方。裸露在外的手和腳白得晶瑩剔透，看起來有點冷。

看著她的昌浩，赫然張大了眼睛。

問題出在異教法術。

中了異教法術的天狗們，全身都佈滿了斑疹。昌浩和颯峰剛到這裡時，異教法術捲起漩渦，咒力把這裡的天狗和神將全都吞噬了。

勾陣出現在昌浩面前時，異教法術的威力還十分強大。颯峰持有驅除異教法術的道

具，昌浩也對自己施加了法術，所以除了他們之外，疾風、伊吹和勾陣也都應該有斑疹，為什麼當時都消失了？

勾陣保持緘默，只移動了視線。東屋裡出現了一條通往地下的階梯。

昌浩慢慢往前走。階梯下一片漆黑。在進入異境前，他替自己施加了暗視術，所以大致上還看得見，但不小心還是會有危險。

他扶著牆壁，一階一階往下走。

前進中，不斷有溫濕的風從下面吹上來。愈往下走熱度愈高，沉沉地籠罩著地下。

他記得這種感覺。

心臟撲通撲通地狂跳。

螺旋狀階梯下，是間小岩屋。角落有片凹扁的鐵柵欄，被撞得歪七扭八，應該是從內側被撞開的。

昌浩的視線從鐵柵欄往前延伸，不禁屏住了呼吸。

勾陣的兩把筆架叉都插在地面上，白色小怪伸直四肢，平躺在兩把筆架叉之間。昌浩不由得停下腳步。

「小怪？」

沒想到叫出來的聲音會這麼嘶啞又微弱，感覺好像有什麼東西卡在喉嚨，沒辦法發

出聲音。

他跨出了沉重的腳步。小怪沒有回應，動也不動。

正要伸出手時，勾陣從肩膀拉住他，走到他前面，隨手拔出了筆架叉。

啪唏一聲，好像什麼東西碎裂了，飄蕩的異常熱氣也消失四散了。小怪還是躺在地上，一動也不動。

昌浩跪下來，緩緩伸出了手。小怪的白毛蓬鬆柔軟，摸起來很舒服，尾巴稍微硬一點。指尖摸到它背部時，有種奇怪的感覺。

窸窸窣窣纏繞手指蠕動的氣息，很快就消散了。

昌浩張大眼睛看著小怪。

「異教法術……」

異教法術的濃密妖氣層層纏繞著小怪的身體。來源已經被剷除的咒力，竟然還滯留在小怪身上。

昌浩轉向勾陣，驚慌地問：

「怎麼會這樣？」

勾陣垂下眼睛回答昌浩：

「它把我、疾風和伊吹身上的異教法術，全都轉移到它自己身上了。」

◇　◇　◇

「勾……」

被叫到名字的勾陣吃力地改變姿勢。一點小動作，都會消耗大量的精氣與體力。

微微張開眼睛的小怪，對呼吸急促的勾陣說：

「必須……想辦法……解除疾風和伊吹的……異教法術。」

因為呼吸困難，說得斷斷續續，沒辦法一口氣說完。喉嚨要很用力，才不會沙啞得聽不清楚。

勾陣疑惑地瞇起眼睛。它說要想辦法，是打算怎麼做呢？他們都成了俘虜，還被異教法術纏身，連動都不能動，力量也只剩下平常的一半。

她也很想救天狗們，問題是自己都快撐不下去了。

天狗的結界絕不可能放他們出去。只要天狗的妖氣還在，神將們就會被困住。連筆架叉都淪陷了，不消除天狗的力量，就不能操控筆架叉內的神氣。

強行闖關的話，有可能出得去，就怕會傷害到疾風和伊吹。

伊吹抱著疾風滾落地下，是在他們兩人開始覺得身體不對勁的時候。

當他們驚覺怎麼回事時，已經被咒力困住，身體發熱，出現了斑疹。

比神將們更早發作的伊吹，有一半的皮膚都佈滿了斑疹。它用獨臂抱著雛鳥，拖著動不了的身體爬到了這裡。

它把手伸向鐵柵欄，丟出手中的疾風。天狗可以通過天狗的結界。

嬌小的疾風順利穿過鐵柵欄，滾到神將們旁邊。

看到疾風進去了，伊吹才鬆口氣，用最後的力氣叮嚀雛鳥。

——絕對不可以從這裡出來……

——那小子……一定會……在它來之前……

伊吹說完就閉上了眼睛。斑疹瞬間擴散，佈滿老天狗的巨大身軀。

直到最後的最後，它都相信颯峰會回來。

疾風的身體也浮現斑疹，正不斷擴散。之前的咒力引起的壞死更加快了惡化的速度，雛鳥的小小身體恐怕沒多久就會停止活動了。

小怪輕輕地甩甩頭說：

「我們之中，最強壯的應該是我。」

「騰蛇?!」

小怪露出大無畏的笑容，對花容失色的勾陣說：

「別小看我……『十二神將中最強鬥將』的稱號可不是虛有其名。」

就算把天狗們身上的異教法術咒力全都轉移過來，也沒那麼容易死吧？

說話故作輕鬆的小怪甩甩尾巴。

「妳要伺機而動。我會開出一條活路，在那之前不要亂來。」

夕陽色的眼睛光芒閃爍。

勾陣逼問它要怎麼做，它笑而不答。

沒多久，白色身體就被高熱包住了。比勾陣身上更濃烈的咒力吞噬了小怪，連它都呼吸困難，緊緊閉起了眼睛。

最令人感嘆的是，它叫都沒叫一聲。

勾陣連手指都出現了斑疹。異常的高熱，削弱了她所有的力量。

「虧你還再三叮嚀昌浩，不可以跟天狗們同調。」

四肢癱軟的小怪虛弱地甩動耳朵說：

「因為他是人類，不能讓他像我這樣冒險。」

原來它還知道這是冒險啊？老實說，想把兩個天狗的異教法術轉移到自己身上，根本就是瘋了。

儘管痛得心浮氣躁，勾陣還是試著想辦法。

不如用筆架叉的結界保護疾風和伊吹，釋放出全部力量，粉碎天狗的妖力吧？可是沒有壓抑的通天力量，連自己都控制不了。

一旦徹底解放，就會收不回來。以前瀕死時，曾經全力攻擊來制止她的騰蛇。即使有心保護天狗們，恐怕也很難做得到，騰蛇也一樣。他的通天力量遠遠超越勾陣，徹底解放後萬一失去理智，這裡沒有人擋得住他。

想破頭也想不出辦法的焦慮，更加劇了異教法術帶來的痛楚，勾陣懊惱地嘆著氣。小怪微瞇起眼睛看著勾陣，動了動耳朵。

沒多久，勾陣發現身體出現了變化，斑疹逐漸淡去，高熱退了，呼吸也沒那麼困難了。

包住小怪的咒力卻愈來愈強烈，勾陣急得大叫：

「騰蛇，你想幹什麼……」

閉著眼睛的小怪搖搖尾巴。

「保留……體力，交給妳了。」

小怪用尾巴在地面上搜尋著什麼。勾陣疑惑地看著它，忽然發現氣若游絲的它，額頭上的花般圖騰微微發亮。

「你要做什麼？」

在十二神將中有最強稱號的男人，慵懶地瞥一眼同袍，說出了驚天動地的話。

「我要開闢通往人界的道路，呼叫高淤神。」

那個神是水神。水可以洗清所有污穢，沖走邪惡，保持清淨。愛宕鄉被污染得這麼嚴重，天狗們恐怕要花很長的時間才能復元。

小怪露出大無畏的笑容，若無其事地說：

「怎麼樣？這主意不錯吧？只有我才想得出這麼瘋狂的辦法。」

除了我之外，就只有安倍晴明吧？

這一瞬間，勾陣很想勒住小怪的脖子。但她知道它是在自我嘲諷，所以什麼話也說不出來。

流過愛宕的地下水應該是與人界相連。全世界都連在一起，水存在於萬物之中，以各種不同的形態循環，所以騰蛇集中神氣，一定可以把那個神請來。

「好久沒讓祂出來大顯身手了，希望祂會隆重出場。」

小怪閉上了眼睛。唉，說真的，如果可以稍微抱怨幾句，它很想說自己雖是火將，也受不了這樣的高熱啊！

籠罩全身的咒力的高熱，不斷削弱它的精力和體力。但無論如何，它還是不能放棄天狗們。

勾陣問它為什麼？它給了答案。平靜得出奇的眼睛，有著堅定不移的意志。

「就這樣，它靠鑾力把貴船祭神請來，再靠神力清除了異教法術。」

合抱雙臂的勾陣說到這裡，嘆了一口氣。

就在高龗神現身的同時，神氣就與構成結界的天狗妖力相抵銷了。勾陣憋了很久的怒氣與神氣同時解放，炸開了鐵柵欄。

這時候嵬正好來找疾風，她就把天狗們交給守護妖，用筆架叉築起包圍小怪的新結界，然後去找異教法師發洩所有的憤怒。

默默聽她述說的昌浩，轉向小怪低聲說：

「為什麼要做到這樣……」

小怪再三警告過昌浩，不要管太多天狗的事。它說天狗是魔怪，不能輕易給它們任何承諾，否則因此而陷入困境，會萬劫不復。

不是因為它討厭天狗，也不是因為它忌憚天狗。

它只是不希望昌浩被相互約定的承諾綁住。神將們滿腦子只想著，怎麼樣才能防止

昌浩在哪裡被絆倒。

老實說，昌浩作的承諾與小怪無關。真的面臨生命危險時，小怪和勾陣大可逃出這裡，回到人界，拋下天狗們不管，以自身安全為最優先。

為什麼小怪要做到這樣呢？

勾陣平靜地垂下視線，看著表情扭曲的昌浩。

「小怪說，你說過一定會救天狗們。」

昌浩赫然轉頭看著勾陣。鬥將一點紅閉著眼睛，轉述當時聽到的話。

「所以，它說它不能讓你食言……」

它自己都衰弱到不硬擠就發不出聲音來了。

當時勾陣只罵了它一聲蠢蛋。

小怪笑著說是啊。

然後小怪真的那麼做了。

「……」

昌浩伸出了手，卻沒有勇氣再更往前伸。

小怪一再叮嚀不能隨便給承諾，他卻沒聽話。他沒想那麼多，更沒想到會變成這樣。

而小怪、神將們，就是擔心會發生這種事。

小怪、朱雀和勾陣說的話不一樣，但講的都是同一件事。
無言以對的昌浩，用被拋棄般的眼神注視著小怪。
不知道是不是感覺到他的視線，小怪抬起了眼睛。
夕陽色的眼睛緩緩移動。
看到了坐在自己附近，表情沮喪得嚇人、還把身體縮成一小團的昌浩。
小怪有些詫異地眨眨眼睛，瞄同袍一眼。勾陣回以沉默。小怪似乎猜出了大概的狀況，瞇起眼睛，似笑非笑地牽動半邊臉。
說起話來還很吃力的小怪，只能發出喃喃細語般的聲音。
昌浩張大了眼睛。
小怪搔搔耳朵一帶。利用與火對立的水波動開闢道路，似乎帶給了身體超乎想像的負擔。喉嚨代表水，很可能所有負擔都落在那附近了。
不勝感嘆的小怪聳聳肩，注視著昌浩。
那股視線深深震撼了昌浩，逼得他不知如何是好，大大的眼珠子好久沒有那樣顫動搖曳了。
他很想說些什麼，應該用來說話的嘴巴卻動不了。聲音被萎縮的喉嚨阻擋，害他怎麼也說不出話來。

眨著眼睛的小怪抿嘴一笑。

《那是什麼表情嘛。》

「……」

勾陣察覺到了，瞇起了眼睛。那是直接傳入耳中的聲音。在耳朵裡聽到的聲音，是騰蛇原來的聲音，而不是白色異形發出來的像孩子般的高亢聲音。

昌浩用哽咽地叫著小怪。

摻雜著苦笑的怪異笑容，依然對著昌浩。

《不要放在心上。》

昌浩搖著頭。起初只是慢慢地搖，後來像要甩開什麼似的，愈搖愈激烈。

「小怪……我……我……！」

小怪像平常一樣，對講不下去的昌浩說：

《振作點，晴明的孫子。》

昌浩猛然屏住呼吸，整張臉皺成一團，伸手把小怪拉過來。

「……」

抱起小怪後，昌浩把額頭緊緊靠在它背上。小怪用尾巴撫摸他的頭，安慰低聲吶喊的他。

2
1
3

《沒什麼事，你不用放在心上……》

看著他們的互動，颯峰不禁感嘆：「啊，變形怪大人真的是昌浩的護衛呢！」

✦ ✦ ✦

好久沒去陰陽寮了。這天早上天氣晴朗，微風和煦。

同時結束凶假日的吉昌和昌浩父子，一想到堆積如山的工作，心情就有點鬱悶。

前幾天，昌親說是成親的交代，帶來了很多吉昌的工作。看到比想像中多的工作，吉昌大半天都板著臉。

看到父親那樣子，昌親苦笑著說：

「我會儘可能協助你，博士。」

雖然是親生父子，但是在同部門工作的昌親，在陰陽寮絕不稱呼他父親。成親半不以為然半佩服地說，不用做到這麼徹底吧？但昌親堅持說沒辦法，那是天性使然。

早餐時，吉昌看到小兒子一個人在吃飯，露出訝異的神色。

「昌浩，騰蛇呢？」

沒什麼特別事情的早上，小怪通常會在昌浩身邊晃來晃去或坐在他旁邊。總之，一

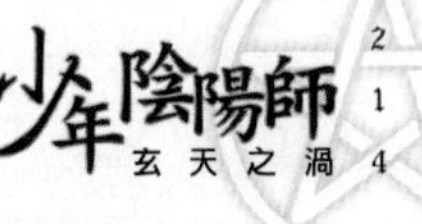

定會看到它。

扒著飯碗的昌浩，停下筷子回答：

「小怪的身體不太舒服，所以暫時休假，不去陰陽寮了。」

吉昌點著頭說這樣啊，但很快又仰頭斜望著半空中，心想小怪本來就沒有義務要去陰陽寮吧？

以星星墜落藤原行成府邸為開端的天狗事件，看來是告一段落了。昌浩最近都沒去夜巡，天狗也沒再突然俯衝下來，撞壞木門、板窗或外廊了。

前幾天，木門發出轟隆巨響被撞壞了，吉昌夫婦都很樂觀地想，在這件事解決之前，恐怕修也是白修吧！

果然，事情稍微平靜後，又從西方天空飛來了木材，堆放在庭院裡，很快就把木門修好了。

乍看之下像是一般的木門，仔細看會發現多了獨具匠心的圖案，並且十分堅固，連神將稍微用力也推不動。

接到木材又飛來的報告，安倍晴明的傳說在宮裡更是炒得沸沸揚揚。

吉昌的桌上很快就堆滿了文件，昌親擔心父親一口氣全部看完會太累，就先帶一部分來家裡交給父親。

正在想希望文件不要堆太多時，就聽到吃完早餐的昌浩對他說我吃飽了。

他慌忙叫住剛要站起來的昌浩。

「昌浩。」

「什麼事？」

昌浩又坐下來轉向父親。吉昌不太確定地對他說：

「最近可能會有從播磨國來的客人，說不定有事要拜託你，你先有個心裡準備。」

「播磨嗎？知道了。」

昌浩順從地點點頭，回房準備進宮。

可以比兒子晚點出門的吉昌，又拿起筷子繼續吃早餐。

播磨有些跟安倍家關係匪淺的人，到了吉昌這一代幾乎沒有往來，但是在晴明、晴明的父親那個世代，往來十分頻繁。

吉昌還不知道他們從播磨國來這裡做什麼，不過，聽說他們開創了屬於他們的獨特陰陽術，希望可以藉由這次的機會，多學到一些東西。

小怪與勾陣坐在門上，目送昌浩去皇宮。

昌浩回頭對他們揮揮手，小怪也舉起一隻前腳回應，嘴巴做出「好好工作」的嘴

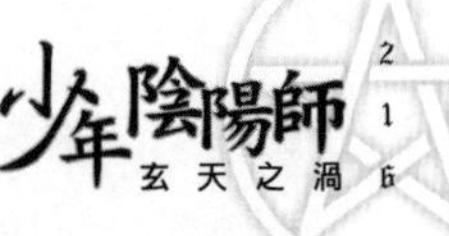

型。昌浩大約看出了它在說什麼，便點點頭。

隱形的朱雀和天一與昌浩同行。天一還沒完全復元，但她自己說，只要不做激烈的動作就沒什麼問題。

對停在戾橋下的妖車也打聲招呼後，昌浩稍微加快腳步往皇宮走去。

小妖們都去了伊勢，不知道車之輔會不會寂寞呢？小怪漫不經心地想著。

勾陣用手肘戳戳神情悠哉的小怪，瞥它一眼說：

「你的喉嚨什麼時候才能復元？」

小怪半瞇著眼睛，歪著脖子，把嘴巴撇成了ㄟ字形。

《嗯……不知道，第一次這樣。》

聲音應該不會永遠出不來吧？不過，也很難說，因為這次是透過水脈，用神氣強行打通異境與人界，召喚了與火將是極端的水神。

《這種事還真不能常做呢，唉！我想遲早會復元吧！》

「瞧你說得這麼輕鬆……」

勾陣忍不住搖頭嘆息，小怪用左腳抓抓脖子反駁她。

《放心吧，我可是十二神將呢！受點傷又不會怎麼樣。》

小怪左腳的白毛下，還殘留著淡淡的斑疹般的壞死痕跡。

「嚴格來說，那並不叫受傷。」

《總括來說，算是受傷吧？》

小怪毅然回應。

勾陣合抱雙臂，深思地說：

「你明知會這樣吧？」

夕陽色的眼眸閃爍了一下。

小怪瞇起眼睛嘆了一口氣，眺望著皇宮的方向，甩甩尾巴。

《我們沒有時限，所以有時會忘記……》

因為他們是十二神將，所以有時會忘記帶領他們的人類，生命有限且短暫。

神將們都知道晴明的天命。某天，有件占卜的委託案夾雜在晴明受託的許多案件中。晴明哭笑不得地說，那根本就是他的生辰八字。

委託人是故意的，想從中掌握安倍晴明的弱點。可是又沒有比晴明更厲害的相命師，就混在其他案件裡請晴明自己占卜了。

晴明占卜後覺得不對勁，把平常不會去推算的部分全都推算出來，發現那個生辰八字怎麼看都是自己的。

因為這件事，晴明從很久以前就清楚知道了不想知道的自己的命運。

有些可以改變，有些不可以。

人總有一天會死，晴明的那一天還很早，但也是難以改變的事實。

《我那麼做，只是想到……人類的時間很短暫。》

不只晴明，還有吉昌、昌浩，總有一天都會拋下神將們先死去。

神將們對他們有期待、有要求，卻也因為他們的時間太短暫，所以更希望可以替他們多做些什麼。

既然昌浩想成為最頂尖的陰陽師，就多少幫他一點。

「所以你就賭上了你的命嗎？」

小怪露出無敵的笑容，對搖頭嘆息的勾陣說：

《妳有資格說我嗎？勾。》

勾陣瞄它一眼，淡淡笑了起來。

好久沒進宮了，有種新鮮感。

連抱著一疊紙走在渡廊上，都會神清氣爽地挺直背脊。太頻繁當然不好，但偶爾這樣放個長假也不錯。

只要有正當理由，就不會覺得對不起大家。

原本以為木材飛到安倍家的事，會成為大家的話題，沒想到反應沒有預料中熱絡，反而讓他有點失落感。

其實是成親和昌親早就被包圍過，把某種程度的訊息都流出去了，所以熱潮已經退了。

「呃，有時間的話，就去晾晾寶庫裡的寶物吧！」

邊走邊在腦中盤算種種事時，遇見了藤原敏次。

「啊，敏次大人，這次放了很長的凶日假，麻煩你了。從今天開始，請繼續指教。」

昌浩行個禮，敏次還是跟平常一樣，精明幹練地回應他：

「一連串發生了很多事，你也辛苦了，昌浩大人。」

「哪裡……有父親陪我。」

敏次很快轉換了話題。

「對了，上次你帶走的雛鳥怎麼樣了？」

昌浩眨眨眼睛說：

「它沒事，康復了。再過一些時候，應該就能飛了。」

敏次點點頭，對滿肚子疑惑的昌浩說：

「行成大人府上的實經公子，不知道為什麼很擔心它。」

實經公子說如果雛鳥沒被放回山裡，而是養在某個人家，他希望可以再看看雛鳥恢復健康後的樣子。

他不是想擁有那隻雛鳥，只是基於幼小心靈的責任感，希望能對自己照顧過的雛鳥盡到最後的責任。

「這樣啊……」

「不用勉強，可以的話，請考慮幫個忙。」

眼神有點感傷的昌浩回他說：

「知道了，過幾天我去問問看。」

烏鴉坐在昌浩房間裡的小床上，想著一些事。

昨晚昌浩坐在矮桌前，露出從沒見過的思考表情。

那樣坐著一會後，昌浩拿起筆開始在紙上寫字。

會是在寫回信嗎？

發生過這麼多事後，嵬變得比較慎重了。

不時停筆思考的昌浩，好像寫得差不多了，把筆放下來。

嵬趁這時候跳到昌浩的大腿上。

那果然是嵬引頸翹望的回信。

昌浩卻沒有遮掩，一副讓嵬看見也沒關係的樣子。

眼神有點委屈的昌浩對轉頭看著他的烏鴉說：

「我寫完了啊……」

可是，不能寫的事愈來愈多了。這並不意味著他不想說，而是不能說的事愈來愈多了。

譬如藏在愛宕聖域的東西。

譬如天狗們遭到襲擊的悲劇真相。

這些都是當事者不能說的事。

「從很久以前，我就覺得……」

有些事說出來，會把對方扯進來。有些事說出來，會成為對方的負擔。

假如是昌浩個人的事，他會想說給對方聽，也希望對方有什麼想法都能告訴自己。

他已經知道，這麼做是很重要的。

所以，他不會再掩飾自己的心情，但這次的事另當別論。

「不過……」昌浩放鬆姿勢，把腳伸直，難為情地笑著說：「有事不能說的時候，只要有她陪在身旁，心情就會好些吧！」

看到昌浩難以形容的眼神，嵬沒來由地好想馬上見到公主。

真的很想馬上見到，卻又覺得最好在這裡多待一些時候。懷抱兩種矛盾思緒的烏鴉，就這樣煩惱了好久。

＊　＊　＊

在恢復平靜的異境裡，颯峰與疾風走向了墓地。

被颯峰抱在手上的疾風迎著和風，舒暢地瞇起眼睛。

在墓地最裡面、最不引人注意的角落，有座新建的墳墓，颯峰在那前面把疾風輕輕放下來。

墳墓旁邊插著一把劍，那是飄舞直到最後都非常喜愛的劍。

飄舞幾乎沒有什麼生活用品。它的東西本來就少，又沒什麼特別嗜好，所以它的房間非常簡單清爽。

颯峰取下了面具。額頭前的傷大概永遠不會消失了。這條斜斜穿過眉間的傷痕，是飄舞救了它一命的證據。

疾風在墓碑前張開了翅膀。

「你看，完全復元了，父親也很開心呢！」

羽毛漸漸長齊了，沒有留下任何壞死的痕跡。

「很快就能飛了。到時候，我一定會去見那個孩子。」

飄舞使出最後的力量把它拋到人界後，就是那個孩子救了它。

從小它就聽說人類很可怕，不可以跟人類往來。是那孩子讓它知道，並不是所有人類都很可怕。

「飄舞，疾風的護衛是你和颯峰，永遠永遠都是……」

傾斜著脖子的雛鳥啪噠啪噠地落下淚來。

颯峰單腳跪下來，靠近雛鳥，從懷裡拿出有點舊的面具。

「飄舞，我想拜託你一件事。」颯峰很認真地對不言不語的墓碑說：「請把你的面具讓給我，拜託你了。」

颯峰低下頭，等待不會回答的聲音。它知道等不到……可是它非說不可。

樹木被風吹得颯颯作響，裡面彷彿有個熟悉的聲音。

環顧四周，只聽見風聲，沒有其他人的聲音。

颯峰戴上飄舞房間僅有的一個面具，把自己的面具放在墓碑前。

「再見，飄舞……」

被颯峰撈到手上的疾風，啪答啪答拍振翅膀。

有個朦朧的身影，默默看著兩人離去，不久後便消失在風中。

◇　◇　◇

疾風大人，這裡有兩對翅膀，隨你選擇。

我們終生都是疾風大人的雙翼。

◇　◇　◇

後記

聽說這次的封面插圖是以前的天狗們。

ASAGI老師畫的封面插圖向來配合故事內容，再賦予更深奧的形象。

下任總領的雙翼，的確才是天狗們真正的身影。

深深感謝ASAGI老師具體呈現出那樣的天狗。

這是《少年陰陽師》「颯峰篇」第四集，也是「颯峰篇」的完結。

首先來公佈例行排行榜。

第一名安倍昌浩。

第二名紅蓮。

第三名六合。

以下依序為勾陣、颯峰、小怪、敏次、冥官、朱雀、風音、太裳、玄武、彰子、青龍、白虎、比古、太陰、成親、嵬。

這次昌浩與紅蓮的競爭十分激烈，我甚至以為紅蓮會險勝，奪回暌違已久的第一名。沒想到昌浩在最後趕上來，漸漸把票數拉遠了。這就是主角的實力吧？真的太強了。

明明沒出場的六合居然還可以保持第三名，可見他多受歡迎。沒有出場的冥官也一樣，他的粉絲真的太熱情了。

前幾天的情人節，我收到了粉絲們寄來的巧克力。以這些巧克力來算，冥官是第一名。好可怕的冥官。現任主角完全敗給了他。有人認為彰子會給昌浩；有人指名給勾陣；有人給小怪。當然，昌浩還是有收到啦！

謝謝，在此代替所有故事角色謝謝大家。

如果是我，會把巧克力給誰呢？我想就給爺爺吧！送給爺爺一大箱的松露巧克力，他應該會分給所有人。

想必冥官一定會大搖大擺地來，大搖大擺地搶走巧克力，掃視對突發狀況無法做出反應的所有人，狂傲地哈哈大笑，最後揮揮手大搖大擺地走開。

啊，那模樣歷歷浮現眼前。因為畫面太過鮮明，我覺得最好還是不要讓他出現在主文裡。

寫完原稿、校稿後，製作文庫本的最後工作就是「後記」。

H：「我想差不多該拜託妳寫後記了。」

光：「哦，好啊好啊，這次是幾頁？」

H：「愈多愈好。」

光：「什麼？」

H：「又收到很多讀者來信說，後記很有趣，非常喜歡後記。還有，為了慶祝『颯峰篇』完結、感謝讀者一直以來的支持，這次的後記決定大大加量促銷。」

光：「啊？」

H：「還有，這段錄音會自動銷毀，祝妳完成任務。」

光：「為什麼後記是『不可能的任務』呢？」

H：「是心意、心意啦，拜託妳囉！」

真是暌違已久的後記大加量啊！

這次要說的是「塞翁失馬，焉知非福」。

工欲善其事，必先利其器，工具非常重要。工匠需要木工道具，書法家需要筆，醫生需要醫療用品，廚師需要菜刀。

以前的作家需要鋼筆吧？用鋼筆寫稿子，到處修改得亂七八糟，很難看得懂，但手寫字躍於紙上的稿子，有種說不出來的雋永味道。

現在包括結城在內，很多作家都是用ＰＣ寫作。結城用的文書軟體是「一太郎」，寫日文還是這個軟體好用。

不過，我有好幾支不合時代的鋼筆。稍微寫一下信或留言時，我會使用鋼筆。上面還刻了名字，愈用愈順手。

用慣的道具很重要。工匠們尤其需要道具，感覺是無可取代的東西。

這些道具都要每天維護。用心、用愛仔細去維護，總有一天道具就會給你應有的回報。

好幾年後，就會有神靈附在道具上。在認為什麼都有神的日本，尤其是這樣。所謂八百萬神明，據說是神明多到數不清的意思，路邊的石頭、樹木、建築物都有神。這麼一想，就不敢糟蹋東西了，真的很不可思議。

言歸正傳。

爺爺說過有備無患。每天維護道具，是很重要的事，真的非常重要。平常做好準備，即使遇上突發狀況，也不會受到太大的衝擊，可以在萬全的狀態下繼續工作。

然而，這世上還是有太多預想不到的緊急事件。一旦發生靠個人努力無論如何都無法解決的緊急事件，就會遭受不堪設想的大打擊。

是不是覺得我說得很有臨場感呢？前幾天才剛遇到那種事，說起來當然臨場感十足

啦，呵呵呵呵（乾笑）。

我的ＰＣ的ＯＳ是ＸＰ。說到這裡，反應快的人馬上會想到「哦，那個啊」。

不過，為了對ＰＣ不太了解的人，完全不熟ＰＣ的結城還是補充解釋一下，驅動ＰＣ的必要基本系統是Windows，隨著這個Windows的不斷更新，命名也從2000變成ＸＰ、Vista。賀年卡軟體或文書軟體少了這傢伙就不能使用。總而言之，Windows是最根本的東西。

某天晚上我正在工作時，畫面忽然變成深藍色，跑出白色的英文字，然後畫面就靜止不動了，結城也凍結了。

我先關機再重新啟動，電腦還是沒恢復正常，跑出了從沒見過的畫面。我重新啟動好幾次，結果都一樣。Windows不能正常運作。Windows動不了的話，ＰＣ就只是一個「通了電的箱子」。

心臟狂跳起來。為了了解原因，我急忙用手機邊搜尋網路，邊打電話給熟電腦的朋友。

網路上說，製作Windows的Microsoft發佈的ＸＰ更新程式（應該是提升ＯＳ性能的東西！），經常會造成ＰＣ當機的故障。

據說這種故障的症狀，就是出現所謂的「死亡藍色畫面」——不會吧？

朋友幫我查過後，告訴我螢幕上出現那些英文，就表示沒救了，只能重灌ＯＳ。原因果然就是目前大家議論紛紛的ＸＰ更新程式。聽說把大受推崇的更新程式設定為自動更新的人，損失都很慘重。

沒想到真是這個原因！可惡，竟然連我都……（以下都是很難聽的狠話。）

不想辦法處理這台當機的ＰＣ，就不能工作。雖然有備用的筆記型電腦，但是少了桌上型電腦還是很難辦事。

過半夜的丑時三點，我開始替桌上型ＰＣ進行復原。恢復購買時的初期狀態稱為「recovery」（復原），我就是做這個動作。

有經驗的人都知道，做recovery時，Ｃ磁碟的資料都會消失。以前我有過很多次慘痛經驗，所以重要資料都設定存在C以外的其他磁碟。可是有很多軟體是安裝在Ｃ磁碟內，那些軟體全都泡湯了。

Recovery非常花時間，好不容易重新灌完ＯＳ時，天已經亮了。為了自己使用方便，還得灌種種軟體，也花了我很多時間。

說真的，在電腦全新啟動時，我已經筋疲力盡了。

雖然有做備份，但看到用戶字典全都不見了，心還是涼了半截。還好郵件資料都從Ｃ磁碟移到了Ｄ磁碟，可是，Ｃ磁碟還沒設定好之前，沒辦法確定那些資料安不安全，

會使精神更加疲憊。深切感受到，當人提不起勁來時，什麼都不能做。我心想哪天一定要把這件事當成題材，非當成題材不可！我可不會白白忍受這樣的折磨。

最後，我也懶得想那麼多了，開始邊重灌桌上型ＰＣ，邊連上筆記型電腦的網路，在Web上製作相簿空間，把我用數位相機拍的照片ＰＯ上去。大概是同時進行許多事，把自己逼到絕境，就振作起來了。

相簿空間從網站也有連線，但純粹只是好玩，沒有定期更新。

就這樣，我做了若不是電腦當機就不會想去做的事，這麼一想，就覺得那個「死亡藍色畫面」也沒那麼可惡。

儘管對某Microsoft頗有微辭，但回頭想想，塞翁失馬焉知非福。

我不但深深體會到，必須加強工作上所使用的道具的相關知識，也從此得到教訓，比以前更勤於做備份了。若沒有發生這件事，我不會這麼認真地去面對這些事。所以，這一定是塞翁失馬，沒錯，就是塞翁失馬、賽翁……你這個混帳！＃Ｈ⊿％@Ⅲèð☆◎———！（大怒）

換個話題（露出牙齒都會發亮的爽朗笑容）。

我接到了這麼一封信。

「我的字寫得很醜，請教我把字寫漂亮的訣竅。」

哎呀呀，怎麼會問我這種事呢？我比誰都想知道答案啊！

我說這位讀者，依我看，你的字寫得認真又工整，很容易讀啊。我覺得你不用想太多耶，這不是謊言也不是恭維哦！

寫字真的很難，我由衷佩服那些字寫得很漂亮，又工整好讀的人。

好像跟拿筆的方式、姿勢有關，可是不知道為什麼，不管我多用心都寫不出漂亮的字。我真的很認真在寫，老實說，還參加了U-can的原子筆講座，只是……

我原本以為去學書法多少會有幫助，沒想到獲得老師賞賜書法雅號的朋友說，毛筆和硬筆完全不一樣。

跟我一樣煩惱字寫得不漂亮的朋友斬釘截鐵地說，能寫得一手漂亮的字應該是天分，像我們這種沒有天分的人，再怎麼努力也寫不出理想中的漂亮文字。

嗯，朋友，我也這麼想……

不過，即使沒天賦，也要向不斷努力往上爬的敏次看齊，絕不能放棄，至少要練到一般程度，再努力一下吧！

有人說，不管寫字或畫圖，只要在腦海中努力想像，按照想像的樣子去寫或畫，就能把腦中的樣子呈現出來。

沒錯，我們需要的是想像力！（我說的話聽一半就好。）

最重要的是，把理想中的範本在腦中完整重現。所以，或許可以從看很多很多漂亮的字開始著手吧？

目前應該是處在「自己的文字」會在腦中成形的狀態，所以要把「自己的文字」的影像，轉換成優美漂亮的文字。做得到的話，自己寫的字也會漸漸改變。應該會吧？雖然只是理論，但多少還是有一點說服力，起碼不是完全沒有。

還有，覺得「我的字就是難看」、「我就是寫不出漂亮的字」，說不定是一種先入為主的想法，就跟昌浩認定自己不會詛咒一樣。

超一流的漂亮文字，或許有天分的人才寫得出來，但是我絕對寫得出工整易讀的文字——可以這樣暗示自己。或者一不做二不休，乾脆對自己說：「我是個文字充滿個性、活力的書法家！」

說了這麼多，其實我也很討厭自己醜陋的字，可是多少承認那就是自己的個性後，說也奇怪，好像變得比較工整了。最近我都會想，好像有比昨天好看一點，那麼明天說不定又會再比今天好看一點。

所以要說訣竅，就是不要討厭自己的字吧？除了文字外，一定還有很多覺得自己很討厭的地方。把那些全看成「自己的個性」，漸漸不再覺得討厭，應該也很重要吧？

總之，不要自暴自棄，讓我們一起努力吧！

角川TSUBASA文庫版的《黑暗的咒縛》，在三月十五日出版了，封面、插畫都是ASAGI老師的新作。在封面上保護女主角的昌浩，你帥呆啦！

這本也請大家多多支持。

再來聊點別的。

《少年陰陽師》第六單元「颯峰篇」，大家覺得如何呢？請來信告訴我感想。

我個人很瘋飄舞，知道H部對飄舞沒什麼興趣，我還覺得很失望呢！希望天狗們今後都能過著幸福的生活。

下一集會讓很久不見的角色們出場……對了，在雜誌《The Beans》連載，描寫安倍晴明如何把十二神將收為式神的故事《大陰陽師　安倍晴明：我將顛覆天命》（我、天命を覆す）已經完結，不久後會集結成冊，詳細日期決定後再通知大家。

在這個季節，想必有很多人展開了新的生活。

不論是櫻花盛開的人，或是惋惜櫻花凋謝的人，都辛苦你們了。

櫻花盛開的各位，恭喜你們，太好了。

櫻花凋謝的人，難免傷心、懊惱，可能會有點鬧彆扭，有點自暴自棄。

失望落空的心情，我也有過，所以非常了解。

然而，塞翁失馬，焉知非福。驀然回首時，說不定會覺得那時凋謝是件好事。我有過很多次這樣的經驗。很多事在當時只有無可救藥的絕望，但事後回想起來，會發現其實是幸運的。

嗯，這次的後記好像不怎麼有趣，對不起。

有機會的話，我接下來想寫難得的英國之旅。

那麼，《大搜查線》第三集《全面動員》上映時再見囉！

結城光流

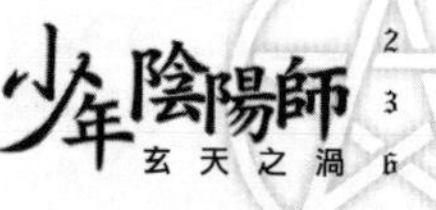

【颯峰篇】賭上義氣的生死之約

貳拾柒 狂風之劍

神秘「天狗」現身，究竟是敵是友?!

山妖「天狗」從不下山的，這回卻全員出動，因為總領的獨生子疾風中了人類術士的咒法後，竟然失蹤了！
昌浩被當成了那個邪惡術士，使者颯峰更威脅，四天內若找不到疾風，總領就會颳起大龍捲風毀掉世界！
什麼跟什麼啊?!昌浩還來不及解釋，只見天狗輕輕振翅，轉眼便狂風大作……

貳拾捌 眞心之願

小心哦～惹上了天狗，別想輕易脫身！

好不容易找回疾風，昌浩還以為這下子可以跟天狗說拜拜了，沒想到颯峰竟然帶著叫「伊吹」的長老級天狗找上門來！原來疾風雖然回來了，卻因為身中異教咒法，生命力一天比一天虛弱，天狗們只好再向昌浩求助。
然而若要救疾風，就必須進入神秘的天狗之鄉「愛宕」——傳說中，人類進入了愛宕都是有去無回。
這下昌浩該怎麼辦呢？……

貳拾玖 消散之印

所謂陰陽師，是遊走於光明與黑暗之間的存在！

陰險的術士對藤原行成的愛子施了咒，三歲的實經身上出現與疾風同樣的症狀，若不及時解除，實經也會像疾風一樣，身體漸漸衰弱、壞死……
想要救這個人類小孩，就必須交出天狗之子！
身為陰陽師，昌浩怎麼可能讓異教法師得逞！但是，對手擁有超乎尋常的強大妖力，要擊潰他只有一個方法：學會與他相同的魔道，利用比他更邪惡的意念，對他下詛咒……

大陰陽師 安倍晴明

我將顛覆天命 我、天命を覆す

《少年陰陽師》前傳！
安倍晴明收服十二神將的坎坷修行路！

安倍晴明原本一點也不想當陰陽師。身為天狐之子而擁有超強靈力的他，一向獨來獨往，既然大家把他當成異類，他對人類也沒什麼好留戀的，直到那一天，他邂逅了橘家公主。為了救被妖異纏身的公主，晴明必須把十二神將收為式神，然而，要讓神將們承認自己是主人，他不但得先認清自己，還要能叫出十二神將真正的名字……

● 中文版書封製作中

國家圖書館出版品預行編目資料

少年陰陽師.叁拾.玄天之渦 / 結城光流著；涂愫芸譯. -- 初版. -- 臺北市：皇冠, 2013. 1[民102].
面; 公分. --(皇冠叢書; 第4284種) (少年陰陽師; 30)
譯自：少年陰陽師30 千尋の渦を押し流せ
ISBN 978-957-33-2963-3(平裝)

861.57　　　　101025894

皇冠叢書第4284種
少年陰陽師 30

少年陰陽師——
玄天之渦

少年陰陽師30
千尋の渦を押し流せ

作　　者—結城光流
譯　　者—涂愫芸
發 行 人—平雲
出版發行—皇冠文化出版有限公司
台北市敦化北路120巷50號
電話◎02-27168888
郵撥帳號◎15261516號
皇冠出版社(香港)有限公司
香港上環文咸東街50號寶恒商業中心
23樓2301-3室
電話◎2529-1778　傳真◎2527-0904
責任主編—盧春旭
責任編輯—丁慧瑋
美術設計—蘇恂諄
著作完成日期—2010年
初版一刷日期—2013年1月

法律顧問—王惠光律師

讀者服務傳真專線◎02-27150507
電腦編號◎501030
ISBN◎978-957-33-2963-3
Printed in Taiwan
本書特價◎新台幣199元/港幣67元